余江宅改

徐冰 金斌 著

SPM
南方出版传媒
广东人民出版社
·广州·

图书在版编目（CIP）数据

余江宅改 / 徐冰，金斌著. —广州：广东人民出版社，
2020.2（2022.4重印）
ISBN 978-7-218-14198-5

Ⅰ . ①余… Ⅱ . ①徐… ②金… Ⅲ . ①纪实文学—中国—
当代 Ⅳ . ① I25

中国版本图书馆 CIP 数据核字（2020）第 024131 号

YUJIANG ZHAIGAI

余 江 宅 改

徐 冰　金 斌　著

版权所有　翻印必究

出 版 人：肖风华

选题策划：汪　泉
责任编辑：汪　泉
文字编辑：于承州
装帧设计：赵焜森　张雪烽
责任技编：周　杰

出版发行　广东人民出版社
地　　址：广州市越秀区大沙头四马路10号（邮政编码：510102）
电　　话：（020）85716809（总编室）
传　　真：（020）85716872
网　　址：http://www.gdpph.com
印　　刷　佛山市迎高彩印有限公司
开　　本：889毫米×1230毫米　1/32
印　　张：9　　字　数：180千
版　　次：2020年2月第1版
印　　次：2022年4月第2次印刷
定　　价：56.00元

如发现印装质量问题，影响阅读，请与出版社（020-85716821）联系调换。
售书热线：（020）87716172

目 录

contents

01

第一章

点题余江

一 引言

一场尚未结束的改革

对于北京来说，2018年的冬天异常寒冷、干燥。临近年底，一则来自新华社的消息触动了严寒中敏感之人的神经。12月23日，十三届全国人大常委会第七次会议在北京召开。会期长达一周，将持续到29日。

这也是2018年的最后一次召开全国人大常委会会议，此次会议将审议37项议程。其中最为引起舆论关注的，是对于《中华人民共和国土地管理法》和《中华人民共和国城市房地产管理法》的修订。现行《中华人民共和国土地管理法》制定于1986年，在1988年、1998年和2004年进行过三次修订。2018年末的这一次，则是时隔14年后的第四次修订。

从媒体披露的信息看，此番修订的内容极具冲击力。根据《中华人民共和国土地管理法修正案

（草案）》（以下简称《修正案草案》）的设计，此次修订主要修改完善了土地征收、集体经营性建设用地入市、宅基地制度、强化耕地尤其是永久基本农田保护等内容。

但真正引发外界广泛关注的，是关于允许集体经营性建设用地入市的相关修改。据悉，《修正案草案》删去了现行《中华人民共和国土地管理法》关于从事非农业建设使用土地的，必须使用国有土地或者征为国有的原集体土地的规定；对土地利用总体规划确定为工业、商业等经营性用途，并经依法登记的集体建设用地，允许土地所有权人通过出让、出租等方式交由单位或者个人使用。

而为了与《中华人民共和国土地管理法》修改做好衔接，对现行《中华人民共和国城市房地产管理法》第九条关于城市规划区内的集体土地必须先征收转为国有土地后才能出让的相关规定，修正案草案也一并做出了修改。

对于我国稍有了解建设用地的人来说，这样的修订显然极具重大价值和意义。因为长期以来，按照相关法律规定，我国的建设用地必须是"国有"的，即便是属于集体的建设性用地，也必须先征收为国家所有，然后才能进入建设性用地市场。很显然，在房地产价格高涨的大背景下，这样的规定对于集体经营性建设性用地进入市场以充分享受市场红利，在政策上是极为不利的。

而此番《修正案草案》的相关修订一旦获得通过，则意味着符合规定的集体经营性建设用地，可以不再经过

"征收转为国有"这一环节，而直接进入建设用地市场。从法律的相关规定来说，这样的修订，无疑为集体经营性建设用地入市扫清了法律障碍。

如果《修正案草案》的相关修订能够顺利通过，这绝对是我国土地管理制度的重大变革。正因此，集体经营性建设用地的相关法规修订，才引发了舆论的强烈关注。

涉及国家重要法律法规的修订，当然不可能是一时的心血来潮，而必定是经过了长期的观察、思考和酝酿。实际上，2018年底的修法动议，源于一轮已经持续了四年的土地改革试点。改革试点所取得的相关经验，也纳入到了审议修改的《中华人民共和国土地管理法》中，直接为此番相关法律的修改，提供了现实的支撑。

这一轮土地制度改革，就是于2014年12月正式展开的农村土地征收、集体经营性建设用地入市、宅基地制度改革，也即被业界俗称为"三块地"的改革试点。

2014年12月2日，中央全面深化改革领导小组第七次会议审议通过《关于农村土地征收、集体经营性建设用地入市、宅基地制度改革试点工作的意见》（以下简称《意见》），正式开启了本轮改革的序幕。随即，中共中央办公厅和国务院办公厅联合印发了该《意见》。

这"三块地"，皆为农村土地改革中极为敏感而棘手的"硬骨头"，而下决心要啃这三块"硬骨头"，显见决策者的勇气和魄力。因此相关政策甫一披露,就引起巨大震动,被称为农村土地制度改革"三箭齐发"。

根据《意见》的要求,此番改革试点有四大任务:

一是完善土地征收制度。缩小土地征收范围,探索制定土地征收目录,严格界定公共利益用地范围;规范土地征收程序,建立社会稳定风险评估制度,健全矛盾纠纷调处机制,全面公开土地征收信息;完善对被征地农民合理、规范、多元保障机制。

二是建立农村集体经营性建设用地入市制度。完善农村集体经营性建设用地产权制度,赋予农村集体经营性建设用地出让、租赁、入股权能;明确农村集体经营性建设用地入市范围和途径;建立健全市场交易规则和服务监督制度。

三是改革完善农村宅基地制度。要求完善宅基地权益保障和取得方式,探索农民住房保障在不同区域户有所居的多种实现形式;对因历史原因形成超标准占用宅基地和"一户多宅"等情况,探索实行有偿使用;探索进城落户农民在本集体经济组织内部自愿有偿退出或转让宅基地;改革宅基地审批制度,发挥村民自治组织的民主管理作用。

四是建立兼顾国家、集体、个人的土地增值收益分配机制,合理提高个人收益。

2015年2月27日,十二届全国人大常委会第十三次会议审议通过了《关于授权国务院在北京市大兴区等三十三个试点县（市、区）行政区域暂时调整实施有关法律规定的决定》，授权在试点地区暂时调整实施《中华人民共和国土地管理法》《中华人民共和国城市房地产管理法》有关法律规定，授权期限截至2017年12月31日。

这33个县（市、区），是当时的国土资源部在新型城镇化综合试点和农村改革实验区中选择的一些有基础、有条件的县或县级市，并且统筹了东、中、西部和东北地区，兼顾了不同发展阶段和发展模式。按照国土资源部的部署，一个试点地区只开展一项试点任务，其中集体经营性建设用地入市改革试点15个，宅基地制度改革试点15个，土地征收制度改革试点3个。

而到了2016年9月，考虑到改革的进展和各个改革试点的实际情况，国土资源部又开始以"试点联动"的方式扩大了"三块地"改革试点覆盖范围。而所谓的"试点联动"，就是一个试点县（市、区），开始突破原来设计的一个地方只试点一项改革任务的规定，转而可以试点两项或两项以上农村土地改革任务。具体的调整是，原来分别试点集体经营性建设用地入市改革和试点征地制度改革的县（市、区），两项改革都可以进行，也即可以同时试点两项改革。而原来试点宅基地制度改革的县（市、区），则可以三项改革全部试点。

时隔一年之后，到了2017年，2015年改革启动之时设定的三年改革时间即将到期。而在2017年11月，"三块地"改革再次提速。这一次，将宅基地制度改革扩展到了全部33个县（市、区）。至此，参加试点的33个县（市、区）全部参与到"三块地"的改革之中。

同时，为了更好地凸显农村土地制度改革三项试点工作的整体性、系统性、协同性和综合效益，并与《中华人民共和国土地管理法》修改工作做好衔接，2017年11月4日，十二届全国人大常委会第三十次会议决定，授权在试点地区暂时调整实施有关法律规定的期限延长至2018年12月31日。

这是"三块地"改革试点的第一次延期。

由于土地制度改革专业性相对较强且主要涉及农村，已开展四年的"三块地"改革试点主要是在土地管理部门和专业研究人员中受到强烈关注，更多的普通公众对此则不甚了解。

让我们把目光拉回到十三届全国人大常委会第七次会议的相关内容上。

当人们把关注的焦点集中在集体经营性建设用地入市可能出现法律修订的时候，基本上都忽略了本次全国人大常委会会议做出的另一项决定——为了进一步深入推进农村土地征收、集体经营性建设用地入市、宅基地管理制度改革试点，并做好试点工作与《中华人民共和国土地管理法》修改工作的衔接，第十三届全国人民代表大会常务委员会第七次会议决定，将《全国人民代表大会常务委员会关于授权国务院在北京市大兴区等三十三个试点县（市、区）行政区域暂时调整实施有关法律规定的决定》规定的调整实施有关法律规定的期限延长至2019年12月31日。

这一次延期，是此轮农村土地制度改革试点的第二次延期。

对于第二次延期，自然资源部部长陆昊在向十三届全国人大常委会第七次会议做说明时介绍，四年来，各试点地区在坚持"不能把农村土地集体所有制改垮了，不能把耕地改少了，不能把粮食生产能力改弱了，不能把农民利益损害了"的前提下，因地制宜，大胆探索，形成了一批可复制、可推广、利修法的制度创新成果。

截至目前，全国33个试点县（市、区）已按新办法实施征地1275宗、18万亩；集体经营性建设用地已入市地块1万余宗，面积9万余亩，总价款约257亿元，收取调节金28.6亿元，办理集体经营性建设用地抵押贷款228宗、38.6亿元；腾退出零星、闲置的宅基地约14万户、8.4万亩，办理农房抵押贷款5.8万宗、111亿元。

但陆昊也同时表示，农村土地制度改革三项试点工作在稳步有序推进的同时，也存在一些需要通过进一步深化试点解决的问题，如试点推进不够平衡，平衡国家、集体、个人三者之间收益的有效办法还不够多等。《中华人民共和国土地管理法》修正案公布实施还需要一段时间，试点政策还需要与法律修改稳妥衔接，有必要延长法律调整实施期限。

历时四年，两度延期。仅此就凸显了"三块地"改革的复杂与艰难。

二 | 为何选择余江

"你是新来的吧？"

2014年11月底，江西省余江县国土资源局局长蔡国华，到省会南昌市参加全省国土资源系统会议。会议由江西省国土资源厅组织召开，是一年一度的全省国土资源系统工作会议。虽然到国土资源系统刚满一年，但因为长期在政府部门工作，对于此类会议的一般安排和节奏，蔡国华倒也不陌生。

在蔡国华记忆里，会议召开的那几天，南昌的天气很不错。这让原本不太习惯南昌气候的他感到心情放松而舒畅。而在蔡国华的感受中，南昌还是有些干燥了。虽然赣江穿城而过，但大城市的嘈杂、喧嚣，以及钢筋水泥堆积的高楼大厦，总是迅速地把那点湿润吸收得干干净净。相比之下，蔡国华所来自的余江县，面积不大却紧靠信江支流白塔河，清澈、丰沛的河水带来充足的润泽，使得整个县城的气候温润、平和。

　　对于此次会议，蔡国华的心情一开始是平静的，原本他也只以为这是例行的工作会议。这类会议，一般都是对一年来的工作进行总结，同时对下一年的工作做出安排。会议议程通常是固定的，会议具体内容虽然每年不太一样，但一般也不会有什么太大变化。按照惯例，如果会议讨论的议题真有什么较大改变的话，大都会在会议之前事先通通气，既让与会者有个心理准备，也让大家能够提前理理思路。

　　但会议开始没多久，蔡国华就感受到氛围有些异样。随后在会议上，省国土资源厅宣布，余江县被选为农村宅基地改革试点县。

　　对于被确定为农村宅基地改革试点县，蔡国华倒也有一定的心理准备，但真正得知省里的决定后，他还是感到非常惊讶。他没有想到，原来只是抱着试试看但未必能被选上的心态报名参加宅基地改革试点，没承想居然真的被选中。一时间，蔡国华有种意外。

　　直到这个时候，蔡国华依然没有充分意识到，被确定为宅基地改革试点县究竟意味着什么。但他却看到会场上的氛围明显不一样。参会的其他县里国土资源系统的同志，得知余江县被选为试点后，情绪立刻有些高涨，纷纷交头接耳起来。认识蔡国华的，则向他投来意味深长的目光。

　　会议间隙，蔡国华成了大家关注的焦点。许多人围过来向他打听相关情况，有的人过来一边和蔡国华握手，一边说着不知是祝贺，是揶揄，还是同情的话："呵呵，这一下你可有事忙了。"

几年之后提起当时的情景，蔡国华依然记忆深刻。而最让他难忘的是，一个其他县的干部在会场居然问了他一句："你是刚来的吧？"他的意思是，蔡国华可能刚到国土资源系统，对国土资源工作肯定还没了解多少。他显然没认识到，在农村，宅基地工作对于国土资源系统来说，究竟是个什么活儿。它不仅意味着烦琐巨量的工作，而且稍有不慎就很有可能捅了马蜂窝。常常是费心费力，工作一点没少做，最后却得不到令人欣慰的结果。

对于国土资源工作，蔡国华也的确是个新兵。实际上，他是2013年底才到余江县国土资源局工作的。来国土资源局之前，蔡国华先是在余江县公安局当了17年警察。然后从县公安局调到了县城管局。在城管局工作了几年，他被调到乡镇任乡镇党委书记。从乡镇党委书记的任上，蔡国华又被提拔为县委办主任。直到2013年底，蔡国华被任命为余江县国土资源局局长，这个时候，蔡国华才第一次接触国土资源工作。此次来南昌参加省国土资源厅的这次会议时，他任余江县国土资源局局长刚满一年。

从蔡国华的工作经历来看，应该说，对于土地管理工作，尤其是对于农村宅基地工作的现实复杂性，他的确没有理解得特别透彻、深刻。但是，长期在基层摸爬滚打，造就了蔡国华不怕苦、不畏难，踏踏实实、敢冲敢闯的性格和工作作风。回想起当时没多想就接下宅基地改革试点的任务，他一方面对自己当年看上去有些懵懂和莽撞的决定感到心有余悸，同时也承认，可能正是因为当时对此项工作认识还不深入，反而倒逼自己啃下了这块"硬骨头"。

余江决定参加宅改

让我们把视线拉回到2014年。

这一年3月，由江西省国土资源厅一副厅长带队，到江西省的几个县进行实地调研。一行人调研了玉山、婺源和余江三个县，主要的调研内容就是了解农村宅基地的情况。

从"事后诸葛亮"的角度，现在当然能够理解江西省国土资源厅这次调研的目的所在——为在2015年初正式拉开的全国农村"三块地"改革试点做前期准备。但在当时，不了解高层决策的基层工作者显然还不可能意识到本次调研的深意。他们都以为，这不过是一次常规的工作调研。但既然调研是由一位副厅长带队，也自然说明省里对调研的重视。

在日常工作中，余江县委、县政府对农村宅基地一直就很重视。对于省厅来调研宅基地情况，县里自然格外重视。他们详细准备了有关材料，向省厅调研人员，全面汇报了余江县在农村宅基地工作方面的有关做法和经验。

据蔡国华回忆，当时，调研人员对余江县的农村宅基地工作表示满意，却也并未过多透露什么信息。了解了相关信息后，调研人员便打道回府。

在余江县看来，原本以为这次省国土资源厅来余江县的调研就算结束了，县里的汇报工作也暂时告一段落。但是让他们没想到的是，过了两个月，省里又来人了。这一次，省国土资源厅的人员拿出了国土资源部准备进行"农村土地征收、集体经营性建设用地入市、宅基地制度改革"的相关文件，并征求余江县的意见，问余江县是否愿意报名参加"三块地"改革试点，如果愿意的话，想参加哪个领域的试点。

到这个时候，蔡国华终于明白了省国土资源厅上次来调研的用意。立刻，兴奋和紧张在他胸中不断涌动。

这次"三块地"的试点是国家级别的改革试点，即便蔡国华刚到任县国土资源局不久，仅凭多年工作磨炼出的直觉，他也明白此次试点的重大意义。

蔡国华立即召集县国土资源局几个主要领导和相关业务科室研究讨论。在反复研究了国土资源部"三块地"改革文件，并盘点了余江县农村土地情况之后，他们决定报名参加这项国家级别的改革试点任务，并且选择宅基地这"一块地"作为改革试点的发力方向。

决定报名参加国家级改革试点，是一个重大决策，不是蔡国华一个县国土资源局局长个人能拍板决定的，必须按程序向县委、县政府领导做汇报，由县里做出是否报名参加的最终决策。

蔡国华整理了相关材料，把国家准备进行"三块地"改革试点的计划、省国土资源厅来余江县调研的用意、省里对余江县的期许以及余江县自身在"三块地"领域的现状和县国土资源局决心参与改革试点的意愿，立即向时任余江县委书记的张子建做了详细汇报。

让蔡国华备受鼓舞的是，在听取了县国土资源局的汇报之后，张子建书记对余江县参与国家"三块地"改革试点表示了浓厚兴趣和明确支持。张子建书记认为，如果能够顺利参与改革试点，对于余江县而言不仅是巨大的荣誉，更是切实推动余江县农村土地制度改革工作的重大机遇。

县委书记的明确表态和大力支持，让蔡国华信心倍增。很快，经过余江县委、县政府研究决定，2014年下半年，余江县正式向江西省国土资源厅提出了参加国家"三块地"改革试点中农村宅基地制度改革试点的申请。

座谈会开成了批斗会

参加改革试点的申请报上去了，但能否顺利通过、能否最终被确定为改革试点县还是未知数。省国土资源厅下来调研时，余江县只知道国土资源厅调研组考察了玉山、婺源、余江三个县，对于随后是否还考察了其他县，余江县并不知道下一步的信息。另外，省国土资源厅鼓励各县根据各自的情况，积极主动地报名参加"三块地"改革试点，至于最终有多少个县报了名，余江县同样不了解。但走到这一步，余江县已经是尽己所能，目前只有耐心等待消息。

而对于作为余江县申报"三块地"中的宅基地制度改革试点（以下简称宅改）的直接推动者蔡国华来说，在将申请报给江西省国土资源厅后，他也一直没有得到最新的信息反馈。随着时间一天天过去，加之还忙于日常繁杂工作，蔡国华有时也会忘记了还有申报改革试点这个事。直到2014年底去南昌参加省国土资源厅的工作会议，旧事重提，他才又强烈激起了似已沉寂的希望和热情。

蔡国华没有想到，余江县的申报会被省国土资源厅选中，而更让他想不到的是，到2014年底，申报工作居然出现了明显加速，甚至让人感觉到有些紧锣密鼓。

继江西省国土资源厅在工作会议上通报之后仅一个月，2014年12月27日，江西省委召开常委会，正式决定向国土资源部推荐余江县为农村宅基地制度改革试点县。

虽然最终能否成为试点县还需要国土资源部的认可，但既然江西省委常委会已经通过并报送国土资源部，事情基本也就八九不离十了。对于余江县来说，下一步的工作进展，也就开始一步步切入到具体的宅基地试点工作安排中。

2015年1月，余江县在县体育馆召开宅基地制度改革试点工作座谈会。与会人员有纪检、监察、国土、农业等与改革工作相关部门的一把手，还有余江县下辖11个乡镇的党委书记和乡镇长。在今后的宅基地改革试点中，他们将是具体工作的推动者。他们的想法如何、支持与否，他们的改革意志和决心是否坚决，将决定着这项试点能否顺利展开并向纵深推进。因此，召开这次座谈会的用意，除了向各个乡镇通报即将开始的宅基地改革试点进展，同时也征求各乡镇以及有关职能部门的意见。

此时，尽管还没有拿到正式的改革试点相关文件，但蔡国华已经了解了改革的大致内容。基本上就是针对农村长期形成的"一户多宅"，而符合条件的人以及新增人口无地建房的问题，探索出农村宅基地的一整套规范管理制度。这期间，自然免不了调整村庄规划，拆除不符合法律法规的多占房屋。

一大早，会议准时开始。蔡国华首先介绍了中央以及国土资源部准备开展"三块地"改革试点的情况，并通报了余江县主动要求承担农村宅基地制度改革试点的想法和申报进展。而让蔡国华始料不及的是，当各乡镇党委书记和乡镇长听说余江县选择的是农村宅基地试点，整个会场立刻炸开了锅。

大家情绪有些激动地争相发表意见，矛头直接指向了蔡国华。大家的意见主要有这么两点，一是搞宅基地改革试点，肯定要去拆人家的房子。而拆房子在农村是天大的事情，弄不好要出人命。大家认为，很多地方就是因为拆农民的房子，引发了大量的矛盾，既恶化了基层干群关系，也使得基层党政机关和干部不胜其烦。多年来，基层党政干部的一项极为重要，甚至是压倒一切的工作就是维稳。现在余江要搞宅基地改革，可以预见会使得耗费了巨大人力物力好不容易才获得的稳定局面遭到严重冲击，严重阻碍、扰乱基层的各项发展。大家一致认为，他们不反对改革，但宅基地改革确实搞不下去。二是，很多人认为蔡国华别有用心，认为他是在往自己脸上贴金，而把最容易惹人、最难干、最可能激化矛盾的工作交给别人去干，认为他是想利用争当宅基地改革试点来博取个人政治资本。有和蔡国华个人关系比较好的乡镇干部也百般不解地对蔡国华说："你想改革当然很好，但选什么不好偏偏选这个捅马蜂窝的宅基地呢？"

会场上大家越说越激动，原本想征求各方意见、让大家献计献策的座谈会，很快就在一片反对声中出现失控，变成了对蔡国华一边倒的批判会。

看到大家的反应如此激动，如此强烈地抵触宅改，而且还几乎无所顾忌地对他个人的改革动机产生质疑，蔡国华既失望又委屈。当初余江县在"三块地"改革试点中之所以选择宅基地制度改革试点，一方面与他到国土部门工作时间较短、对相关业务尤其是农村宅基地的历史以及现实复杂性认识尚欠深刻有关；但另一方面，最终选择宅基地试点改革，也并不是他蔡国华头脑发热一个人拍脑袋就决定的，而是经过了反复思考，结合了余江县农村土地工作的实际情况，并且经过了县委、县政府的集体决策才最终定下来的。农村宅基地改革当然很复杂、很艰难、很棘手，可是"三块地"改革哪一块不复杂、不艰难、不棘手呢？当时江西省国土资源厅让大家积极申报改革试点县的时候，蔡国华与县国土资源局的同事，反复比较"三块地"的情况，他们尤其着重梳理了余江县的现实条件，比较来比较去，还是觉得余江承担宅基地改革试点更有把握。相对于其他"两块地"，余江在宅基地方面的基础和有利条件还更多一些。比如，在对改革的认识和态度上，现任县委书记张子建年轻、有冲劲，愿意、敢于迎接工作的巨大挑战，对改革工作充满热情且给予大力的支持。另外，余江县在江西省的62个下辖县里面，无论面积、人口等方面都排名中间位置，改革经验也容易复制推广；即便改革不成功，波及面也不会太大，改革试点的连锁反应相对可控。还有，余江县的农村宅基地工作其实已经有了很好的基础。在此之前，从2014年5月，余江县的农村宅基地确权登记工作就已展开，并已基本完成了农村地籍测量、集体建设用地、宅基地使用权权属调查等工作。余江农村每家每户宅基地的位置、面积等情况，县国土资源部门已经有了较为精确、全面的数据。显然，这是一个极为有利的前提条件，在此基础上再搞宅基地制度改革试点，肯定会比其他"两块地"更有基础，实际工作中可能也更容易开展一些。

正是综合考虑了这些条件，在"三块地"的改革试点之初，余江县才选择了宅基地制度改革这一谁碰上都觉得头痛的"硬骨头"。当然，还有一个隐情蔡国华没有明确说出来，这就是当得知余江县被江西省国土资源厅推荐给国土资源部搞宅改试点的时候，他同时还了解到另一个信息：省国土资源厅鼓励各个县积极申报改革试点县，但鼓励来鼓励去，大家都不踊跃，最后居然只有余江县主动申报。

各个乡镇的党政主官普遍畏难，对搞宅基地改革试点抵触强烈，座谈会开成这样也就进行不下去了，原本预计一天的会议，仅仅一两个小时就草草收场。不仅如此，大家同时还强烈要求蔡国华赶紧去省里跑一趟，把大家的意见反映上去，力争能够撤回申报。

这样的要求无疑让蔡国华非常难堪。大家的强烈抵触当然也自有其道理，并不完全是出于一己之私，一味地不愿改革，现实情况确实有很大困难。而受大家的影响，蔡国华也有点打起了退堂鼓。座谈会后，他立即去南昌，找到了省国土资源厅具体负责此次改革试点相关工作的一位处长，把座谈会的情况做了详细汇报，说大家反对意见很大，强烈要求撤回余江县的申报，不搞了。

弄清楚了蔡国华的用意后，省国土资源厅的这位处长勃然大怒，一句话就把蔡国华给顶了回来："你以为这是儿戏吗？省委常委会通过的事情，哪能说不搞就不搞？"

蔡国华垂头丧气、灰头土脸地从省里回到余江。他的确把这个事情想得太简单了。而就在他本来充满改革热情，兴冲冲地准备迎难而上大干一场，却不期然遭遇当头一棒而萌生退意的时候，中央布局的中国农村"三块地"改革试点已是"三箭齐发"。一场外界看来静悄悄，却实际深刻地影响着中国农村现有土地制度的改革试点，徐徐拉开了大幕。

2015年2月27日，十二届全国人大常委会第十三次会议审议通过了《关于授权国务院在北京市大兴区等三十三个试点县（市、区）行政区域暂时调整实施有关法律规定的决定》。余江县的名字，没有悬念地出现在了33个试点县名单之列，成为其中15个农村宅基地制度改革试点县之一。而在整个江西省，参加此次试点的，只有余江一个县。

至此，余江县参加国家"三块地"改革试点尘埃落定。

三 开弓没有回头箭

三轮实地调研

当蔡国华组织各个乡镇的党政干部沟通宅改意见的时候，余江县其实已经把宅改列上了2015年的工作日程。2015年1月13日—15日，余江县"两会"召开。在余江县《2015年政府工作报告》中，列出了当年要推动发展的十项改革措施，其中，"启动农村宅基地管理机制改革试点"，位列十项改革措施之首。

而前期小规模的准备工作，也已开始试水。2015年1月30日，宅基地调查工作启动，杨溪乡召开了宅基地调查工作动员大会，成为第一个试水者，围绕农村的"人、房、地、钱"进行详细的调查摸底。

2015年3月23日—25日，国土资源部在京召开"农村土地制度改革三项试点工作部署及培训会"。余江县委书记、县长张子建以及余江县国土资源局局长蔡国华参加了会议。在这次会议上，国土资源部就"三块地"改革试点的意义、实施步骤和要点、注意事项等进行了全面部署。

对于余江县的宅改推动者来说，基本的改革精神和用意，此前他们已经大体全面了解，当前摆在他们面前的主要有三个任务：一是尽快成立改革试点领导团队，使改革工作有全局统领，找到切实推动的发力点；二是对全县农村宅基地现状以及存在的问题进行彻底的调查摸底；三是制定出余江县的宅基地制度改革试点实施方案，使相关改革有章可循，从而尽快启动实质性的改革。

从北京开会回来，余江县立即着手推进落实这三项任务。

由于江西省对于余江县承担农村宅基地改革试点高度重视、寄予厚望，领导团队的组建非常顺利，在很短时间内，就建立起了省、市、县三级领导班子。在省级层面，经江西省委、省政府主要领导亲自批示，成立了由省委副书记为组长的宅改工作领导小组；在余江县级层面，则成立了由县委书记担任组长的宅改工作领导小组。余江县的宅改工作领导小组下设宅改办公室，作为日常办事机构，负责全县宅改工作的协调和日常行政运转。宅改办的工作人员，则是从相关部门抽调精干人员组成。为了便于工作，宅改办公室设在余江县国土资源局，办公室主任由宅改工作领导小组的常务副组长担任，县国土资源局局长和一名副局长，兼任宅改办的副主任；与之对应，各乡镇也迅速成立了相应的领导机构和工作班子。改革领导团队迅速组建完毕，使得余江县的宅基地制度改革试点，很快找到了坚实的立足点。

在走访调研方面，余江县下了大功夫。在2015年3月底，余江县委、县政府召开专题会议，研究改革试点工作。会议上，县里的领导对宅改工作也存在不同认识和意见。有的领导主张借此改革试点的机会，对余江县的农村宅基地情况进行彻底梳理，通过改革真正形成一整套既具有现实操作性，又对未来发展有前瞻性和指导意义的农村宅基地制度；有的领导则认为，宅基地的现状是历史形成的，其中的成因太过于复杂，如果全部推翻重来，动静太大，难免出现无法预料的情况，他们建议是否不动存量，而是想办法从增量上做文章，通过改革试点，形成一套新的宅基地管理办法。

很显然，与蔡国华召集的那次乡镇党委书记、乡镇长座谈会类似，在余江县的宅改工作一开始的时候，县领导层面也尚未形成统一的意见和决心。而如果县领导层意见不统一，可以想象今后改革试点工作也无法顺利开展。

坐在办公室讨论不是办法，闭门造车绝不会造出真正的车来。怎么办？只有深入到农村现实中去，俯下身子了解农村宅基地的真实情况，以及农民的真实想法，从实际中寻求灵感和工作思路。于是，从2015年4月开始，在半个月的时间内，余江县密集组织实施了三轮实地调研。

为了使调研不流于形式，能真正从调研中获得真实的数据和现实情况，余江县宅基地制度改革试点工作领导小组办公室首先编制了《调研手册》以作调研工作指导。根据《调研手册》的要求，参加调研的人员主要有三类：一是各乡镇挂点的县领导及秘书，或者是办公室工作人员；二是宅基地改革办公室的全体人员；三是各乡镇的有关领导。

不仅如此，还具体规定每个县领导到村调研时间不少于七天。在调研期间，每三天召开一次调研汇报会，每个县领导要书面汇报调研的情况，由县委办汇总。同时，结合改革试点将要触碰的问题，余江县宅改办为三轮调研全部拟定了调研提纲。其中第一轮调研提纲，涉及了当前宅基地使用现状、如何调动村民事务理事会和群众参与改革的积极性，解决宅基地的退出、有偿使用、流转以及抵押、担保等基础性问题。进入第二轮调研后，调研的深度显著增加，主要围绕"一户一宅"的界定、集体经济组织成员资格的认定、宅基地有偿使用费具体的收取办法、宅基地有偿退出和退出程序、村民事务理事会的主体作用、宅基地增值收益分配原则等问题展开调研。从第二轮调研所涉及的领域看，此次宅基地改革试点已经触及了以往宅基地管理中所不敢触动的敏感领域，改革开始真正上升到触及"制度"层面。而第三轮调研，除了前两次调研已经涉及的问题外，调研的重点开始转向村民申请建房的条件、不得申请建房的情形界定、申请建房的程序以及建房的相关收费项目和标准等具体操作的问题。

三轮调研，让余江县的改革者看到了农村宅基地方面的真实情况，倾听到了农民对宅基地改革以及乡村治理的真实心声。许多调研者在调研报告中反映，很多村民基于对村庄当前现实的个人感受，对宅基地制度改革试点是赞同、支持的，希望通过此次改革，改善村庄环境，解决道路差、建房难、乱建房的问题。这是改革最强有力的群众民意基础。

但是在对宅改的认识上，村民也普遍存在差异。例如，很多村民认为宅基地是祖业，不愿意拆除多占、乱建房屋。绝大多数村民没有集体土地的概念，认为分给自己的土地就归自己所有。

村干部的情况也比较复杂严峻。大多数村干部没有认识到，村集体组织是本次改革的具体实施者和村集体经济的组织管理者，其村民自治的概念极其淡漠，依然认为改革是县政府和乡镇政府的事，他们只是起到辅助、协助作用。很多村干部有老好人思想和畏难情绪，有的则对政府此次改革的决心抱有很大疑问，对改革缺乏信心。

调研收集到的问题让参加调研的人非常震惊，改革的艰难和挑战逐渐浮出水面。此时，初期对于改革的新鲜与兴奋已渐渐消散，余江县的改革者开始静下心来，平心静气地重新审视他们就要全身心投入的这场改革。

　　有意思的是，原来在县领导层面存在的对改革认识的分歧，经过三轮调研，反而高度统一了。调研反馈的结果，虽然透露出巨大难度，却也将一幅改革将要带来的美丽乡村的美好图景展现在他们面前。在这幅美丽图景面前，任何一个想干出一番事业的人，都会怦然心动。但余江县的改革者也完全知道，美丽图画要想变成美好现实，只有不惧困难，勇敢地迎接挑战方能实现。

　　"走出去"的实地调研，坚定了改革信心，也为推进改革找到了发力点。余江县改革初期形成的许多改革政策，其思路和具体措施，很多就直接来源于三轮调研。例如在改革中，余江县的宣传发动工作极富特色且卓有成效，就是源于调研中认识到很多村干部和村民对改革的理解严重偏颇，必须想方设法对其予以改变，进而倒逼出正面宣传方向。

宅改的象山经验

　　在本地调研的同时，为了使余江县的农村宅基地制度改革试点开好头、起好步，尽快制定出适合本地实际情况的改革实施方案，余江改革者还走出了本县，积极借鉴"外脑"，主动向其他试点县市区学习。

　　2015年4月2日—3日，由余江县委常委、副县长、宅改工作领导小组常务副组长陈亮泉带队，余江县国土资源局局长蔡国华、余江县建设局局长易卫国，和邓埠镇、春涛镇、黄庄乡的党委书记，以及宅改办许华等一行7人，赴浙江象山县进行考察。他们此行的目的主要是考察象山县在农村"一户多宅"清理、旧房拆迁整治和村长治理改造方面的成功经验和做法。这些领域，在即将展开的余江县的宅改中也都会直接碰到。

早在2009年，浙江省宁波市就开展了农村住房改造的相关工作。2011年，象山县在农村"一户多宅"专项清理整治试点工作的基础上，以县农村工作办公室为主导，各部门积极协调配合，在全县铺开了"一户多宅"集中清理和宅基地整治工作。到2013年，象山县基本完成了"一户多宅"和宅基地的清理整治，2014年，又开展了村庄梳理式改造工作。在四年的时间里，象山县在全县366个村全部完成了"一户多宅"清理拆除、宅基地整治和村庄改造工作。全县共拆除"一户多宅"和危旧房1.96万户、4.1万间，清理宅基地3876亩，盘活存量建设用地4547亩。

考察组在象山县座谈、走访，所见所闻让他们既震惊又兴奋。当看到经过整治的村庄无危旧房，无猪牛栏，无露天厕所，村内道路全部硬化拓宽，绝大多数农户门口可通车，沟渠全部进行了衬砌和整治，实行了雨污分流、垃圾分类、门前"三包"，地面看不到污水和垃圾，池塘、溪水干净清澈，村庄环境整洁，空地利用充分，村内到处是文化墙、宣传栏，每个村庄都有居家养老公寓和"农民会所"……他们仿佛也看到了余江县经过改革试点之后的未来景象。

而当得知这项大拆大改工作得到干部群众的广泛认同和支持，群众自愿拆除率居然达90%以上，村内公益事业和基础建设得到本村企业家或村干部的大力支持，全县没有出现一起因此而上访的事件的情况之时，考察组更为惊讶。

象山县是如何做到这些的，引起了考察组极大的兴趣。通过细致考察，他们发现，象山县的村庄整治工作能够顺利开展并取得超出预期的成效，大体源于这样几点：

第一，在工作正式展开之前，进行充分的宣传动员，让各级干部和村民了解政策、吃透精神，做到政策弄通、思想想通。第二，试点带动、总结经验、逐步铺开。在拆除危旧房屋时，发挥党员干部的带头引导作用，先拆党员干部的，然后再拆普通群众的。第三，根据县里的统一安排，各乡镇因地制宜制定实施方案。而具体的实施细则，则由村级民主决议形成。第四，村组干部齐心协力，村组干部是工作的主力，凡是工作开展得好的村庄，都有赖于村组干部的工作得力。第五，让农民从村庄整治中真正得到实惠。

在象山县的考察、取经，让考察组看到了农村宅基地制度改革和村庄治理所带来的美丽乡村的前景，同时，这次考察也彻底打开了在余江县具体推进改革的思路，对制定余江县宅改实施方案起到了巨大的助推。象山县的许多做法，在之后轰轰烈烈展开的余江县农村宅基地制度改革试点中，都能或隐或现地找到痕迹。比如，象山县在工作中发挥村组干部的主力作用，村里在外经商的成功人士对家乡建设慷慨解囊、捐款捐物，直接启发了余江县在改革试点中想方设法调动村民事务理事会的积极性，以及发动乡贤建设家乡的做法。而"集体建设、无偿居住、老宅收回"的集中式居家养老服务新模式，则在余江农村"幸福楼"上能够看到借鉴的痕迹。

类似象山县这样的取经调研、主动学习兄弟县（市、区）在某一领域的成功经验和做法，在余江县宅改中其实极为普遍。在赴象山县调研之前以及之后的一段时间内，余江县宅改办的工作人员密集地奔赴其他地区进行了其他相关领域的专题调研。2015年3月，宅改办一行6人赴四川邛崃市、重庆石柱县调研学习宅基地退出机制和相关办法以及耕地保护、土地整治等科目；5月，赴四川都江堰市、四川泸州市泸县学习农村集体经济组织成员资格认定、村民事务理事会建设以及如何发挥作用等科目，同时，还赴九江市武宁县学习城市规划、建设、经营管理以及建房管理等科目；7月，赴江西安福县学习农村"空心村"整治工作。

充分利用"外脑"，绝不故步自封，以开放的心态将他人的好经验、好做法，及时消化吸收到自己的改革实践中，可以说是余江县宅基地制度改革试点的一大特色，也是余江宅改能够在短时间内铺开，并迅速取得成效的重要因素。

宅改实施方案获批准

调研回来后，余江县宅改办的工作人员齐心合力、艰苦攻坚，在很短时间内，《江西省余江县农村宅基地制度改革试点实施方案》就制定出炉。实施方案共分为"指导思想、基本原则、工作目标、工作任务、工作步骤、工作措施"六大部分，按照国家"三块地"改革的要求和时间节点，详细拟定了分阶段、分步骤推进改革试点的计划。其中在"工作任务"部分，明确列出此项改革试点所要实现的五大任务：一、夯实农村宅基地管理基础；二、完善农村宅基地权益保障和取得方式；三、探索宅基地有偿使用制度；四、建立宅基地自愿有偿退出机制；五、完善宅基地管理制度。

这五大任务如果能够按计划切实完成并取得良好成效，将会彻底改变农村现行的宅基地管理思路和管理模式，从而在制度层面，为农村宅基地管理和依法处置打开广阔的运作空间。

2015年4月19日，经过多轮修改完善，《江西省余江县农村宅基地制度改革试点实施方案》由余江县委、县政府上报江西省国土资源厅，并由国土资源厅上报国土资源部。

2015年6月29日，国土资源部批复了"余江宅改试点实施方案"。

至此，余江县宅基地制度改革试点正式拉开帷幕。

02

第二章

先行先试

一 余江的宅改困局

红雨随心翻作浪

江西省余江县地处江西省东北部，信江中下游，行政区划上隶属于江西省鹰潭市。从地图上看，余江县东与鹰潭市的月湖区、贵溪市接壤，西边和南边，分别毗邻抚州市的东乡区和金溪县，北边则紧靠上饶市的万年县、余干县。整个县南北长，最长达75千米；东西狭，最窄处仅17.5千米。

余江在秦汉时期属于当时的余汗县，宋端拱元年（988年）始称安仁县。安仁县名一直沿用至民国，1914年，因与湖南省安仁县同名而易名余江县，以境内有余水，也就是现在的信江而得名。

今天的余江县（2018年5月撤县设区，为鹰潭市余江区），全县面积936平方千米，人口38.5万人，下辖11个乡镇、7个农垦场、113个村委会、1040个自然村。县政府位于邓埠镇，白塔河穿城而过。全县气候温和、四季分明、雨水充沛、日照充足。

　　经济上，根据余江县提供的数据，2016年全县实现生产总值121亿元，居全省第66位；财政总收入18.05亿元，居全省第42位，处于江西省中下游水平。2016年余江县城镇居民人均可支配收入为2.7万元，远低于全国平均水平，与江西省平均水平持平；农村居民人均可支配收入1.41万元，略高于全国和江西省平均水平。全县78%的人口为农业人口，属于经济欠发达的农业县。

　　对于今天的人来说，余江县的知名度，可能不如国内很多著名县（市、区）。但是，余江绝对不缺响亮的历史文化名片。比如，只要提起邹韬奋，很多人尤其是搞新闻出版的人就会肃然起敬。邹韬奋是我国著名的新闻记者、出版家，伟大的民主主义者和爱国主义者。被毛泽东主席誉为"热爱人民，真诚地为人民服务，鞠躬尽瘁，死而后已"。这就是著名的"韬奋精神"。邹韬奋的老家，就位于余江县潢溪镇渡口村委会沙塘村。

　　余江县在新中国成立后的历史上，还有两首诗也不能不提。这两首诗在我国曾经脍炙人口，流传甚广。虽然今天已背不出全诗，但其中的精华诗句，很多人依然能脱口而出。这两首诗就是毛泽东主席著名的《七律二首·送瘟神》——

其一

绿水青山枉自多，华佗无奈小虫何！

千村薜荔人遗矢，万户萧疏鬼唱歌。

坐地日行八万里，巡天遥看一千河。

牛郎欲问瘟神事，一样悲欢逐逝波。

其二

春风杨柳万千条，六亿神州尽舜尧。

红雨随心翻作浪，青山着意化为桥。

天连五岭银锄落，地动三河铁臂摇。

借问瘟君欲何往，纸船明烛照天烧。

　　毛主席的这两首七律诗，反映的是新中国成立初期我国卫生医疗战线一段战天斗地、可歌可泣的感人故事。血吸虫病在我国流行了两千多年，曾大面积地肆虐我国南方12个省、350个县。江西省是受流行性血吸虫病侵害最严重的省份之一，波及范围包括南昌、九江、上饶、鹰潭、景德镇、宜春、吉安、赣州等8个地区，受威胁人口700余万人，病人约53万人。而余江县，则是血吸虫病重灾区中的重灾区。据《余江县志》记载："血吸虫病在余江县流行时间有三四百年之久，严重危害也有一两百年。从清末到中华人民共和国成立的四十年间，已发展得非常严重了，最高时的感染率达41%~50%，有近3万人被血吸虫病夺去生命，毁灭村庄达42个。"由于血吸虫病为害甚烈，余江病区之内甚至出现"有屋无人住，有田无人种。蒿草遍地，荒冢累累"的悲惨景象。

1955年6月，毛泽东主席到浙江视察工作，当了解到血吸虫病严重威胁人民健康后做出指示："一定要消灭血吸虫病！"1956年2月，毛泽东又在最高国务会议上发出号召："全党动员、全民动手，消灭血吸虫病。"1957年4月20日，国务院发出了《关于消灭血吸虫病的指示》，三天后，中共中央发出《关于贯彻执行国务院〈关于消灭血吸虫病的指示〉的通知》。一场全党、全民总动员，彻底消灭血吸虫病的战役，在全国轰轰烈烈地打响。

据有关资料显示，早在1951年，毛泽东就派"血防"人员到余江调查血吸虫病疫情，随后又多次派专家组到余江考察"血防"工作。在毛主席的亲自关怀下，余江县立即行动起来，提出了"半年准备、一年战斗、半年扫尾"的口号，兴修水利、填平沟壑、清理污染源头，掀起了一场消灭血吸虫病的群众运动。经过两年多的艰苦奋斗，终于在1958年全面消灭了血吸虫病，率先在全国县级单位实现了消灭血吸虫病的目标，创造了世界血吸虫病防治史的奇迹。

1958年6月30日，《人民日报》刊发由《江西日报》记者陈秉彦和《人民日报》记者刘光辉共同采写的长篇通讯《第一面红旗——记江西余江县根本消灭血吸虫病的经过》，并同时刊发社论《反复斗争，消灭血吸虫病》。毛主席看到报道后，激动不已、彻夜难眠。第二天一早便挥笔写下了《七律二首·送瘟神》。

在这两首诗的题下，毛主席还写了一段充满感情的题记："读六月三十日《人民日报》，余江县消灭了血吸虫。浮想联翩，夜不能寐。微风拂煦，旭日临窗。遥望南天，欣然命笔。"题记中的余江县，指的就是现在的余江区。

毛主席的《七律二首·送瘟神》，后发表于《人民日报》头版。1961年有一部著名的电影《枯木逢春》，由著名导演郑君里任导演，著名演员尤嘉、上官云珠主演，表现的就是余江消灭血吸虫病的故事。电影中的女主角"苦妹子"，其原型就是余江县邓埠镇西畈港村村民邓梅女。这部电影，曾感动了那一代无数的人。而"战天斗地、敢为人先，不达目的决不罢休"的"血防精神"，也成为余江人的形象写照和精神财富。

改革开放后，余江在全国最有知名度的人物无疑当属张果喜。1973年，仅有初中文化的小木匠张果喜，靠变卖祖屋筹得的1400元，带领21名工人，创办了余江工艺雕刻厂，开始了他的第一次创业。凭着吃大苦耐大劳、艰辛开拓，硬是把一个濒临破产的邓埠农具修造社，发展成大型综合企业集团。在20世纪80年代，当人们还在梦想着成为"万元户"的时候，他已经成了新中国第一个亿万富翁。

他靠一只樟木箱子艰难起步，不仅完成了自己的雕刻人生，也把雕刻技艺引入余江，让余江成为"雕刻之乡"。他多次跻身《福布斯》中国富豪榜。1993年6月，国际编号3028号的小行星被命名为"张果喜星"。

张果喜是全国知名的明星企业家。在余江，同样是国内翘楚，却不太为外人了解的是"一副担子走天下"的眼镜产业。当年余江人用一副简陋的担子挑着眼镜零件，在全国走街串巷给人修眼镜、配眼镜。就是这么个看似不起眼的产业，在余江已风生水起，蓬勃发展。目前在余江从事眼镜产业的有5万多人，而在全国，据说几乎半数眼镜店都是余江人开的。

这就是余江，表面看不显山不露水，内心却火辣、坚韧、执着。2015年开始的农村宅基地制度改革试点，再一次将余江人的"敢为人先，不达目的决不罢休"的精神展露得淋漓尽致。

余江宅基地现状

在中国农村的任何地方，宅基地都被农民视为命根子，因为它决定了农民在村里的身份和落脚之地，也意味着最终的归属。中华人民共和国成立后有一段很短的时间，宅基地还属于农民私有。而随着迅速展开的城市与乡村大规模社会改造，社会主义各项制度逐步建立、完善，土地私有制最终销声匿迹。到1978年改革开放之前，我国农村宅基地制度实际是一种集体所有制，其特点就是所有权和使用权"两权分离"、农民无偿无限期使用、具有福利保障性质。

改革开放后，农村宅基地制度也经过了不断调整，宅基地管理层面的各种机制、制度也大体建立并逐渐完善。例如宅基地的规划使用和管理、占用耕地建房需要审批、占而不用的土地要退出、如何征用、如何确定权属和颁证、宅基地面积使用标准、宅基地使用管理的机构等。1998年《中华人民共和国土地管理法》修订，从法律层面明确对农村宅基地实行"一户一宅"制度。此项法律规定的用意，是为了使农民的居住权有可靠的保障。

但是中国的复杂情况在于，法律法规层面的很多规定，在实际中常常落不到实处，执行中经常走样，初衷良好的制度设计，在现实中不仅成为摆设，甚至化为无形。农村宅基地的管理，就落入了这样的怪圈。我国农村的基层治理一直就比较薄弱，村民自治长期以来无法实质性推进，加之宅基地制度缺乏具有可操作性的实施细则，农村宅基地管理和分配，实际上处于"管不了"和"没人管"的状态。这种情况下，宅基地福利分配和无偿使用的特点，就构成了巨大的利益诱惑。村里的某些干部或者家族势力大、财力雄厚的人，常常恃强多占。而在他们的带头"示范"下，很多普通村民也是能多占一点是一点。

余江县在宅改正式启动之时，结合已经在进行的宅基地确权登记工作，对县里宅基地的情况进行了详细摸底，结果触目惊心——

全县7.3万户农户，村庄建设用地面积7.8万亩，人均建设用地面积170平方米；"一户多宅"的2.9万户，占比39.7%；"一户一宅"的4.4万户，占比60.3%；其中包括面积超标的户数1.7万户，占比38.6%；全县农村宅基地共计92350宗，闲置房屋2.3万栋，危房8300栋，倒塌房屋7200栋；独立附属设施10.2万间，主要是厕所、厨房、畜禽舍、柴火间和仓库等；改革试点之前三年间农民建房审批（含批东建西、少批多建）2671户，33.68万平方米，占有耕地6.87万平方米，未批先建的860户，13.76万平方米。

余江县宅改办根据调研摸底数据，总结了余江县农村宅基地存在的几大特征，归纳起来大体有六个方面，简单来说就是——"大、多、乱、空、违、转"。

所谓"大"，是指农村的房屋普遍面积大；"多"，"一户多宅"的户数多；"乱"，村庄里房屋的朝向、位置杂乱无章；"空"，村庄空心化比较严重；"违"，违章建房情况普遍；"转"，存在私下转让宅基地和房屋的情况。

而造成这些乱象的原因，归纳起来就是：建房管理主体混乱，审批程序复杂，监管不到位；宅基地退出机制缺失，制度执行不到位；群众观念错误陈旧，干部对建房管理存有放任、畏难、以罚代批思想；村庄规划欠缺、操作性不强；宅基地管理相关法律法规滞后；村民自治组织薄弱等。

我国现行农村宅基地使用权制度的主要内容是：集体所有，村民使用；"一户一宅"，面积法定；无偿分配，长期使用；限制权能，无偿收回；违建必拆，变更必登。

但在实际执行中，宅基地分配下去相对容易，可要想收回来则困难重重。

比如，对"一户多宅"中"多宅"的那一部分要收归集体就极难操作。再比如，村内有空闲地、老宅基地未利用的，这种情况按规定不得批准新增建设用地，更不得批准占用耕地建房。可规定是规定，现实中无视规定违规建房的情况比比皆是。

这样的乱象长期存在，严重地影响了村庄的建设和形象。大部分村庄布局散乱、基础设施落后、管理无序，造成建设用地日趋紧张，新一代村民常常担心无宅基地可盖房，产生严重焦虑，村庄新建道路、卫生所等基础设施和公共服务设施，也面临无合适地点规划建设的尴尬局面。村民生活极为不便。旧村中空置、破旧的农宅，村民为养殖猪、牛、鸡、鸭、鹅等，在住房周围散乱搭建的畜禽栏舍，普遍破损坍塌，又缺乏清理、修缮，严重影响村庄生产生活环境，存在卫生安全隐患。这样一种不安全、不卫生、不便利的境况，不仅压缩了年轻一代村民在家乡的生存空间，也阻碍了外出务工村民回乡的脚步，他们甚至不愿、不能回乡过节。乡村留不住人心，也留不住乡愁，这也加速了农村的凋敝。

如此乱象长期存在，一方面说明了改革的必要，另一方面，也明显透露了改革将会遭遇的困难。冰冻三尺非一日之寒，摆在余江改革者面前的，是一个巨大的挑战。

二 先行先试：41个自然村的宅改

宅改的四个推进阶段

按照余江县宅基地制度改革试点的工作设计构想，余江县整个宅基地改革将分为方案编制阶段、调查摸底及风险评估阶段、规划完善阶段、制定制度阶段、动员部署阶段、启动试点阶段、全面推行阶段、完善提高阶段、总结上报阶段，共九个阶段。

而在具体的实施过程中，结合每个阶段出现的新形势、新情况，余江县进而将改革节奏分成了"四步走"，也就是四个大的阶段。

第一阶段，2015年7月—11月，选择41个自然村先行先试，探索方法、积累经验。

第二阶段，2015年12月—2016年6月，选择20个行政村全面推进"1+N""美丽乡村综合改革示范建设"，进一步完善制度、总结经验，建设美丽乡村。

第三阶段，2016年8月—12月，在全县116个行政村中选择50%的自然村作为第三批试点村展开试点，实现行政村全覆盖，进一步总结经验，构建成熟制度机制。

第四阶段，2016年10月—2017年6月，完成第四批116个行政村中其余50%自然村的改革任务，实现所有自然村全覆盖，全面总结完善，形成改革实践成果。

随着改革的持续推进，国土资源部在改革进程中也不断提出新的要求，余江县部分阶段的改革内容也随之有所调整、充实。但总体来说，余江县的整体改革进程，基本上按照这四个大的改革阶段循序展开。

2015年8月5日，余江县农村宅基地制度改革试点启动大会在余江县电影院隆重召开。这次会议，标志着农村宅基地制度改革试点不仅是在余江县，而且也是在江西省正式拉开了帷幕。

由于整个江西省在此次改革中只有余江县这一个试点县，江西省对改革启动大会给予了高度重视。江西省、鹰潭市的主管领导以及相关厅局的领导悉数与会，国家土地督察南京局督察三室主任李灿刚，受国土资源部委托参加会议。余江县四套班子领导以及县委、县政府各部门主要负责人，余江县下辖11个乡镇的党委书记、镇长、乡长和各试点村的村支书共计400多人，也全部参加会议。

启动大会上，余江县委书记张子建首先发言。他表示，余江县将充分弘扬"热爱人民，真诚为人民服务，鞠躬尽瘁，死而后已"的"韬奋精神"、"战天斗地、敢为人先，不达目的决不罢休"的"血防精神"、"一副担子满天飞，走遍东西南北中"的本土创业精神，强化使命担当，迎难而上、奋力拼搏，高质量完成改革试点工作任务，决不辜负省委、省政府的期望和重托。

随后，鹰潭市委副书记、市长熊茂平，江西省分管宅改工作的省宅改工作领导小组组长、省委副书记也先后发言。他们表示，对于在余江即将展开的改革试点，江西省和鹰潭市将给予全面支持。希望各级部门充分认识到改革试点的重大意义，通过一年开展试点、两年全面推进、三年总结提升，完善宅基地权益保障和取得方式，探索宅基地有偿使用制度，探索宅基地自愿有偿退出机制，完善宅基地管理制度，建立健全"依法公平取得、节约集约使用、自愿有偿退出"的宅基地管理制度。

41个自然村

启动大会一结束，余江县的改革工作就迅速展开。虽然前期在方案编制和调查摸底阶段，对于余江县的农村宅基地现状和存在的问题有了详细了解，也制定出了改革试点实施方案以及《村民建房管理暂行办法》《农村宅基地有偿使用、流转和推出暂行办法》《农村集体经济组织成员资格认定办法》等几个基础性的改革配套方案，但真正着手行动，可操作的细则和接地气的办法依然欠缺。如何干、怎么干、谁去干，诸如此类的问题，都很琐碎、很细小，但如果考虑、设计得不周全，将会直接影响改革的进度和效果。

在实施方案编制阶段，蔡国华、聂荣华、许华等余江县宅改办的主力，按照以往的工作经验和一般程序，就想到了先在小范围试点，通过试点总结经验和教训，形成相对规范的工作流程，然后再逐渐铺开的方法。而随后的试点情况以及之后几年不同的改革阶段效果，也都印证了这种循序渐进的方法的确是切实可行的。

在宅改的第一阶段，余江县宅改办首先选择了41个自然村先行先试，这41个自然村也是第一批改革试点村。所谓自然村，顾名思义就是单个的独立的村庄，也叫村小组。在余江县，村庄的概念和北方有些差异。因为余江山地、丘陵交织，很多村庄随地形散落各处。这种基本独立的村庄就是自然村，它们大多是一个家族或三四个家族聚居繁衍而成。几个相近的自然村，则会组成较大一点的行政村。余江在开始宅改的时候，总计有116个行政村、1040个自然村。

之所以选择这41个自然村作为改革先锋队，也是经过了一番考虑。第一，41个自然村分别属于"城郊型""平原型""山区型"，基本涵盖了余江县下辖自然村的地理类型；第二，41个自然村人口适中，每个村为50～100户；

第三，这41个自然村都是已经开展了新农村建设或者生态文明示范村建设的村子，村民已经看到、认识到了新农村建设给村庄带来的变化，群众基础比较好；第四，应该是最重要的一点，这41个自然村的基层组织健全、工作积极有力。

41个先行先试的自然村分别来自：邓埠镇，3个村；锦江镇，7个村；中童镇，3个村；潢溪镇，5个村；画桥镇，3个村；马荃镇，7个村；春涛镇，3个村；洪湖乡，2个村；平定乡，3个村；黄庄乡，4个村；杨溪乡，1个村。

高公寨的封闭酝酿

41个先行先试自然村选择好了，而如何开始真刀实枪地开展工作，依然是余江改革面临的极为挠头的事情。改革的精神和目的，县里的干部和宅改办虽然明晓，可村民对改革还是一知半解甚至完全不理解。其实，很多村干部对改革以及相关政策也不甚理解，对怎么着手干更是一头雾水。改革不仅需要通过村干部执行下去，而且这种改革，本质上是村民自己的事，如果没有村民的理解和支持，改革显然无法真正打开局面。

怎么开局呢？蔡国华和宅改办的同事立刻就想到了村民事务理事会。余江县在2009年就开始在村里逐步建立村民事务理事会。一是作为村民委员会工作的补充，二是村民自治的现实要求。之前的村民事务理事会人员不固定，大多是一事一议，也没有相对成型的组织形式。但是几年来，村民事务理事会在余江县的各项改革中，已经起到了显著的作用。因为村民事务理事会处置的是村民自己的事，也就是自己的事自己办，在许多有争议的问题上，容易达成一致意见，获得村民理解。

这一次，余江县宅改办决定还是要充分发挥村民事务理事会的作用，依靠村民事务理事会为余江宅改开好头，打响宅改第一枪。他们决定用封闭酝酿的办法，对第一批试点村的村民事务理事会先行培训，不仅培训改革精神和政策，而且他们还要让参加培训的村民事务理事会成员，酝酿、制定出自己村的具体改革方案和办法。

考虑到41个自然村的村民事务理事会成员全部集中起来人数有些多，七嘴八舌争论起来很难达成一致意见。而且时间紧迫，改革启动大会都开完了，必须尽快启动实质性改革。余江县宅改办还是采取小切口突破形成成果，然后再铺开的操作思路。他们从41个试点村里，先选了锦江镇李家、潢溪镇上黄、杨溪乡科里陆家三个村，集中到县委党校所在地高公寨，进行封闭酝酿。高公寨这个地点的选择，说起来也挺有意思。余江县宅改办副主任聂荣华认为：高公寨这个地方在余江县比较偏僻，从这里去周边的任何乡镇都不太方便。人员集中到这里，更有助于他们抛弃杂念，集中精力制定好每个村具体的宅改方案。

不仅选择的地点比较偏僻，而且在封闭酝酿期间，连手机都必须关掉。

这种想法显示了基层改革者的现实智慧。面对基层复杂的局面，任何改革要想尽快推进、取得成果，都必须要动一点符合现实操作的脑筋。在余江县宅改办下发的《关于组织村民事务理事会集中时间集中精力酝酿本集体经济组织宅改办法的有关要求》这一文件中，还出现了研究酝酿本村的一系列措施、机制、制度，"直至完成可以提交村民会议或村民代表会议表决的讨论稿为止"的语句，读来不禁让人莞尔。一副满脸执着、执拗、焦急的余江改革者的形象，仿佛从那白纸黑字中跃然而出。

2015年8月28日，三个乡镇的党委书记、宅改分管领导，三个村的村民事务理事会的理事长、理事，余江县宅改办的全部人员共计40多人齐聚高公寨，开始集中封闭酝酿宅改相关办法。

参会的乡镇以及三个村的理事长和理事对于余江县为什么搞宅改已经基本了解，但是会议一开始，情况还是有些出乎宅改办的预料。对宅改的畏难情绪自然还是明显存在，可这一次，大家又有了其他想法：既然省里、县里已经决定了要搞宅改，那就开始搞就行了。上面怎么说，乡里和村里就怎么干，就等领导一声令下了。

看到这种情况，宅改办主任陈亮泉察觉到了问题所在，他认为，大家有这样的认识，说明基层对于宅改的意图还是没有真正吃透，还认为只是完成上级交办的任务，而没有把宅改看成是自己村里的事，没有认识到这是改变、提升自己所在村庄面貌的千载难逢的大机遇。他向大家反复强调，此次宅基地制度改革虽然是国家的统一安排，但绝对不是上面怎么说，下面就怎么改，否则也根本不需要先行试点了。陈亮泉说，宅改是村里以及村民自己的事情，宅改究竟能取得什么结果，也会直接影响到村里还有每一个村民的切身利益。因此，在大的方向已经确定之后，具体怎么改还是需要村里自己拿出主意、制定出办法。省里、县里以及宅改办，只对于宅改大方向进行宏观把握，具体操作方面不做过多干预。

　　陈亮泉讲完后，宅改办副主任蔡国华在宅改办法的具体酝酿方向上又进一步做出了提示。他要求三个村的理事长和理事，以县里已经制定的《村民建房管理暂行办法》《农村宅基地有偿使用、流转和推出暂行办法》《农村集体经济组织成员资格认定办法》等宅改文件为准绳，根据各村的实际情况，酝酿草拟出各自的实施细则。即是，你在自己村里搞宅改，究竟要去怎么改？究竟通过什么可行的办法，能够把村里的宅改真正推进下去？他强调，这些实施细则一旦获得全体村民通过，将在宅改中按照细则规定严格执行。

　　经过这样一番较为详细的解说和提示，三个村的理事长和理事们终于认识到了宅改要想顺利推进的关键所在。

那绝不是上级给一个规划图，自己照着画就完事了。而是要在大的宅改政策框架下，自己想出现实可行的办法，并且自己去一步步推进。

他们开始静下心来，认真思考、分析自己村子的情况，把宅改这个宏大且又十分棘手的问题，置于各自村子的现实中，去寻求解决之道。他们知道，今天他们草拟的各个规章、办法，将直接面对村民的评判，因此不能不认真对待、慎之又慎。

一旦塌下心来从自己的角度去思考宅改应该如何开展，三个村的理事长和理事们就发现了问题。此前，尽管村里的宅基地管理看似也在按部就班地进行，可认真想想之前的许多做法，就感觉到还是太随意了。相关管理制度好像也有，却几乎没有成系统的，很多规定都没有落实到纸面上。大家都在按照自以为合理的方式处置村里的宅基地。一来二去，村里人想在哪建房就在哪建房，想朝哪建就朝哪建。整个村子不仅谈不上什么规划，而且有钱有势的常常多占宅基地，甚至把房子建到了农田当中去。家境困难的村民即便符合建房条件都时常分不到宅基地。这样的状况，导致村容村貌杂乱无章，也造成了村里矛盾不断。很多村民都想改变这样的现状，但苦于无从着手，也没有人敢于挑这个头，常常是抱怨几句也就算了。

而这一次余江县成为国家宅基地改革试点县，让大家看到了希望。国家政策以及政府的强力支持，再加上制定出一套适合村里情况的改革推进办法，改变宅基地这个让人头痛的问题，不是没有可能。

三个村的理事长和理事们很快就展开了讨论，讨论不仅激烈，而且由于熟悉村里的情况，知道宅基地的现实问题出在哪里，讨论的目标也非常明确。余江县宅改办的许华对当时讨论的场面印象极为深刻。许华说："讨论越激烈，理事们的思路就越开阔。有些问题我们想到了但不知怎么办，还有一些问题我们根本就没预见到，但是村里的理事长和理事就非常清楚。这样一来，他们想出的办法就非常接地气，非常实用。"

在理事们的讨论中，他们结合村里的情况，对相关认定条件就界定、区分得颇为细致。例如因出生、婚姻或收养关系取得的，还有虽然没有迁入户籍，但已丧失原集体经济组织成员资格的，等等，都被纳入了考虑范围，并在具体细则中予以体现。

经过28日、29日两天封闭酝酿和激烈讨论，村级层面的第一批宅改办法终于出台。三个村子针对宅基地分配，宅基地有偿使用，宅基地的退出、流转，村民资格认定等，分别制定出了适用于本村的相关规章制度。

这一结果，让本次封闭酝酿的具体组织者喜出望外，因为酝酿的成果超出了他们的预期。他们本来期望三个村在县里已经出台的政策框架下，能够制定出各自村子相应的实施办法。可三个村不仅全部完成了既定计划，还另外制定出了村规民约、理事会工作制度等几个文件，甚至连如何处理宅改中的矛盾纠纷，都做出了详细的规定。

"充分相信群众，让村民的事村民自己办。"这一条余江宅改中的重要心得和经验，在余江宅改的一开始就发挥了作用，产生了效果。

三个村封闭酝酿宅改办法刚一结束，余江县宅改办趁热打铁。按照此前制定的工作计划进行安排，2015年9月15日，剩余的38个自然村的封闭酝酿随即展开，封闭地点仍然是高公寨。

有了此前三个村封闭酝酿的成功经验，后续村庄的酝酿流程也就颇为顺畅。结合之前酝酿中出现的情况，陈亮泉、蔡国华和宅改办的同事，对宅改中将要碰到的现实问题，有针对性地进行了归纳、总结，拟定出15个问题交由各村民事务理事会成员以及参加宅改的县乡镇工作人员讨论。这15个问题，涉及村级层面的有10个，分别是：

1. 有偿使用费不交怎么办？

2. 无偿退出不退怎么办？

3. 有偿退出钱从哪来？

4. 规划怎么执行好？

5. 建房审批怎么把好初审关？

6. 择位竞价怎么搞？

7. 建房过程怎么监管好？

8. 土地增值收益怎么分配？

9．理事会成员权责如何界定？

10．针对大部分常年外出务工村民的宣传动员工作怎么开展？

这10个问题，对处于宅改第一线的村干部和村民事务理事会成员来说，都极为现实。能否将这些问题想明白、理清楚、处理好，将直接决定宅改的落实与推进。

县乡（镇）级层面，余江县宅改办提出了5个问题，分别是：

1．如何激发理事会内生动力，凝聚社会共识，调动群众参与改革的积极性？

2．如何破解宅基地的流转、放弃难的问题？

3．如何支持理事会推进宅改工作？

4．如何监管宅改工作？

5．如何考核宅改工作？

县乡（镇）级层面的宅改人员在宅改实施过程中起着指挥、协调、监督的作用，他们对于宅改有无具体、清晰的工作思路和措施，自然会显著影响到宅改的有序、健康展开。

很显然，上述这15个问题，都紧紧围绕宅改工作的现实操作层面，力图通过对这15个问题的解答，为宅改一线人员提供相对完整的工作指导。

这15个问题，以问卷形式发给了各村民事务理事会成员以及县乡（镇）的宅改干部。陈亮泉和蔡国华同时向他们提出了硬性要求：三天内答卷完毕。

在这样的强力要求下，各乡镇宅改挂村干部以及各村民事务理事会成员对于宅改中自己的村子应该做什么、怎么做、宅改能给村庄和村民带来什么利益等关键性问题，很快就统一了认识。明确了目标，在规定时间内完成答卷的同时，也顺利地制定出了各自的宅改实施细则。

看着收上来的厚厚一摞各村制定出的宅改办法，陈亮泉、蔡国华等人颇感欣慰。但余江改革者们也非常清楚，这仅是万里长征刚刚迈开的第一步，接下来很快将有更艰巨的挑战在等着他们。

封闭酝酿接近尾声的时候，面对即将返回各自村庄的理事会成员，蔡国华向他们反复强调了三个"必须"：第一，回去后必须要把在封闭酝酿会上学到的宅改精神和意义向村民说清楚；第二，必须要把此次讨论制定的宅改实施办法向村民说清楚；第三，必须要召开村民大会，把制定的办法向全体村民公开宣布。

蔡国华明白，只有村民清楚了解了宅改的全部意义和具体做法，宅改才能在现实推进中真正获得村民的理解、支持，才能真正取得预期的成果。宅改的成功在于拥有广泛的群众基础，否则必定是一锅"夹生饭"。

三 宅改正式开始：岩前倪家村的宅改

马荃镇岩前倪家村，是第一批开始宅改的41个自然村之一。村里的宅改刚一启动，村民事务理事会理事长倪建科就碰到了让他极为头痛的难题。

岩前倪家村里有一位95岁的老人，家里有两栋房子。老人住着其中一栋，另外的一栋老房子，用于存放他的"百寿方"，也就是老人过世后要用的棺材。按照宅改"一户一宅"的规定，老人属于"一户多宅"，肯定要退出一栋，但是无论怎样做解释、说服工作，老人就是坚决不肯退。老人岁数太大了，任何急躁、草率的举动，都可能引发难以收拾的后果。面对这种情况，宅改人员一时束手无策。

倪建科和村民事务理事会的几位理事找到了老人在外地的子女，把国家宅改政策以及村里已经启动宅改的事跟他们进行了详细的沟通。老人的子女很通情达理，在知晓了宅改的意义和村里将从宅改中获得的收益后，表示同意退出自家的"多宅"

部分。对于老人坚决不肯退出的原因，老人子女也提供了很重要的信息：他们估计，老人不肯退出老房子，可能是顾忌到当地的风俗。原来，按照当地的风俗，"百寿方"做好之后就不能动了，只有人死之后才可以移动棺材。

了解到这个信息之后，倪建科立即和老人进行了沟通。果然，老人的顾虑是，除了"百寿方"不宜移动，还担心老房子退出后，他的"百寿方"没有地方存放。

找到了问题究竟卡在哪里，倪建科心里就有了底——要想让老人同意退出"多宅"，首先他要给老人的"百寿方"找到一个稳妥的存放之处，以便让老人心安。

道理虽是如此，可做起来也真不容易，因为几乎没有人愿意在自己家里存放一口别人的棺材。怎么办？关键时刻，村民事务理事会以身作则的先锋带头作用就显现了出来。经过沟通，村民事务理事会成员之一的倪华明，同意将老人的"百寿方"存放到自己家里。看到自己的"百寿方"有了稳妥的存放之地，原本固执的老人终于同意退出自己的"多宅"。

考虑到老人还对移动"百寿方"心存顾忌，做事细腻的倪建科带领村民事务理事会的几位理事，按照当地风俗，以最为庄重的方式转移"百寿方"：移动的日子是精心选择的，同时他们为"百寿方"披红，准备了鞭炮，在"百寿方"送出迎进的时候隆重燃放。倪建科还和几位理事一起，亲自帮老人家搬出"百寿方"。目睹了倪建科以及理事会的所作所为，老人非常满意，对倪建科竖起了大拇指。

老人的"多宅"终于顺利退出了。但是，这仅是岩前倪家村宅改攻坚过程中的一个例子。

岩前倪家村毗邻风光旖旎的旅游胜地龙虎山，村庄地理位置优越，交通便利，有着丰厚的历史文化底蕴。岩前倪家村有52户213人，耕地面积230余亩，山林1200余亩。宅改前宅基地使用总面积11306.82平方米，其中"一户一宅"超面积的12户，"一户多宅"的10户，最大一户面积为618.33平方米，户均宅基地面积为217.43平方米，人均宅基地面积53.08平方米。

宅改前，岩前倪家村有着许多村庄共同的问题：村庄内道路泥泞不堪，宅基地管理混乱，厕所、猪牛栏、危旧房等杂乱无章，村中空心房所有权复杂混乱，大量宅基地闲置，无法重新利用，导致多数村民建房选择占用耕地、林地，造成村庄土地资源的极大浪费。

在岩前倪家村搞宅改，显然也面临着巨大的困难。但是这个村子却有一个极为有利的条件：从2014年开始，村子里搞了新农村建设。而新农村建设在改善村风、村貌等许多方面，与宅基地改革都有密切联系。新农村建设在一定程度上改善了村庄的面貌，提升了村庄治理水平，建设成果也已经清晰地展现在村民面前。可以说，有了新农村建设的提前铺垫，岩前倪家村再搞宅改就有了非常坚实的基础。也正是考虑到这一点，马荃镇在选择第一批宅改试点村的时候，理所当然地就想到了岩前倪家村。

但是，有了搞宅改的坚实基础，仅是宅改这盘大棋通盘运筹中的一个环节。岩前倪家村之所以能被选为第一批宅改41个试点村之一，还有一个不可忽视的因素：这个村有一个组织健全、制度完善、运作正常且行动有力的村民事务理事会。尤其重要的是，理事会还有一个热心村庄、村民事务的理事长倪建科。

倪建科原本只是岩前倪家村的一名普通群众，在鹰潭经商，做家装生意。2014年8月，村民选举成立村民事务理事会，推选倪建科为理事长。尽管与自己的生意在时间上有冲突，但想到可以为父老乡亲做一些有益的事，倪建科也就欣然同意了。

倪建科一上任，先是带领村民事务理事会，为岩前倪家村争取到了新农村建设项目，初步改善了村容、村貌，让村里和村民享受到了实实在在的改革实惠。岩前倪家村被选为余江县第一批宅改试点村后，村民事务理事会有不少成员一开始表示非常不理解，思想上有很大的畏难情绪。他们认为宅基地制度改革要拆村民的房子，还要收群众的钱，这样怎么能搞下去呢？

对这个问题，倪建科实在很难回答，实际上，这个疑问也是他自己对宅改的最大疑惑。为了解决这个疑问，倪建科主动向马荃镇以及县宅改办领导咨询，他反复阅读学习宅改相关资料，尽可能充分、准确地理解国家宅改政策。他说："自己读懂了政策，才能更好地为村民解释、宣传政策，先转变自己的观念，才更容易让村民转变观念。"

他不仅自己学习宅改政策，还组织村民事务理事会成员一起学。他知道，理事会的各位成员是宅改的骨干和主力军，他们如果在思想认识上对宅改存有根本疑惑，那么村里的宅改肯定无法推进下去。

经过反复多次开会学习相关政策，岩前倪家村村民事务理事会全体成员最终解开了思想上的疙瘩，他们明白了：宅基地制度改革的目的并非拆房子，也并非收钱，重要的是节约集约利用土地，为的是子孙后代还有土地可以利用，为的是村民可以公平公正地获取农村宅基地，而不是有权有势就能多占宅基地，这是有益于老百姓的。

理事会成员解决了思想认识问题，岩前倪家村的宅改就有了核心力量。为了让每一位村民都能理解为什么要搞宅改，先要理清宅改的好处在哪里，岩前倪家村村民事务理事会利用各种手段进行宅改政策宣传。针对村里在外务工人员较多的情况，他们发出了《致外出务工人员的一封信》200余封，宣传宅改政策对村民的益处，充分调动了在外务工人员建设家乡的积极性。他们还通过短信群发、微信沟通、刷宣传标语等多种形式，进行全方位立体宣传，使宅改政策深入到每一位村民的心中。

由于岩前倪家村之前有新农村建设的铺垫，大部分村民对宅改是理解的，但也有少数村民还有相当强的抵触。村民倪保国两兄弟涉及"一户多宅"，老房子已经破旧不堪了，却始终不肯退出。他们认为宅基地都是祖业，不能随便让人拿走，甚至每次见到倪建科就破口大骂。倪建科的父母也因此受了不少委屈。倪建科也不还口，只是耐心地一次次坐到他们家中，从各方面摆事实、讲道理。走访十多次之后，他的诚心终于打动了倪保国两兄弟，他们理解并且同意退出了多出的宅基地。

受到部分对宅改有抵触的村民的冷脸甚至辱骂，这种常人难以忍受的遭遇，在宅改推进中是很多改革者的家常便饭。每当这个时候，理事会成员以及宅改工作人员，绝不回骂或者动粗，而是以巨大的耐心和诚心，去说服、感动村民。

同时，他们还时时刻刻以身作则。岩前倪家村的宅改中，理事长倪建科以及理事会成员，充分发挥自己的前沿堡垒作用，他们不仅是思想上的先行者，也是行动上的先行者，经常讲"我先来，从我开始"，带头遵守村规民约，积极倡导健康文明的生活方式。倪建科和他弟弟的宅基地面积都超出了标准范围，需缴纳有偿使用费，他立马从兜里拿出钱来交给马荃镇三资管理平台。在新农村建设中，需要拆除废弃的猪牛栏和厕所，他也是带头先拆自家的。村中所有事务，支出账目清楚，财务定期清理并且及时公开，做到公开公平。倪建科和岩前倪家村村民事务理事会成员的以身作则以及公平做事，不仅让全村村民心服口服，也为工作的开展减少了阻力。

他们艰苦、扎实的工作也得到了回报。经过宅改，岩前倪家村共无偿退出宅基地22户，总面积2360.57平方米，其中"一户多宅"8户，总面积899.28平方米，"一户一宅"超面积10户，总面积1077.64平方米，收取有偿使用费8户，共615.07平方米，合计7096元，村庄基本实现"一户一宅"，户有所居的合理布局，大量闲置宅基地获得"解放"，土地资源空间得到拓展，避免了占用耕地和林地建房的行为，为村庄规范有序、可持续发展提供了资源保障。

宅改之前，倪家村道路泥泞不堪，出行不便；厕所、猪牛栏、危旧房等杂乱无章，村中空心房众多且破旧不堪；村内环境卫生差，村口的池塘淤泥积满，池水污浊不堪，几百年的老古井也满是淤泥，井水无法饮用；很多村民不愿回乡建设，导致村庄难以持续发展。

通过宅改，同时结合新农村建设、农村生活垃圾专项治理等工作，倪家村新修了硬化道路2500余米，清理村内沟渠700米。村里的垃圾也进行了分类处理、集中整治，并配备了专门保洁员。池塘和古井也进行了清淤，水质干净，井水可以直接饮用。倪家村还在村口的百年樟树林里，修建了一座凉亭和1500平方米的休闲广场；并围绕村庄，种植绿化苗木300余棵。

现在的岩前倪家村，出门就是水泥路，全村房屋规划合理、排列整齐，村容村貌焕然一新，整个村庄发生了巨大变化。"干干净净、漂漂亮亮、井然有序、和谐宜居"，这是每一个初到倪家村之人的普遍感受。

村庄环境和面貌的彻底改观，每一个村民都看在眼里、服在心里。因为切切实实感受到了宅改为村庄、为个人带来的显著好处，之前抵触宅改、对推动宅改的倪建科及理事会其他理事恶语相向的部分村民，也彻底改变了看法，对宅改和倪建科及理事会赞誉有加、伸出大拇指。

优美的生态和居住环境，使得以前离开倪家村的人不断主动要求回来。村里一位叫关火秀的90多岁的老人，三个儿子都在厦门办厂，家里经济条件较好。因为之前村里环境较差，不适合养老，在儿子的资助下，老人搬到了余江县城居住。2015年村里经过宅改，自然环境和居住环境都发生了巨大变化，生活品质得到极大改善。老人知道了这个情况后，主动要求回村居住。她在倪家村生活了一辈子，村里有很多熟人以及能够一起说说话的知心朋友。余江县城的居住环境虽然很好，但老人却没有什么朋友，感到非常寂寞。她之前离开岩前倪家村主要是因为村里生活环境不好，如今村里环境得到了彻底改观，老人强烈要求搬回村里养老。2016年下半年，关火秀老人如愿回到了岩前倪家村，住进了村里的福利院。

现在的岩前倪家村俨然是一副度假山庄的模样。宅改彻底清理了村中的废旧、杂乱无章以及超出规划的房屋和宅基地，随着环境的彻底改善，村里的发展空间和发展潜力立刻凸显出来。岩前倪家村紧邻的龙虎山，是世界自然遗产以及国家5A级风景区。许多去龙虎山游玩的游客，看到岩前倪家村村口茂盛、巨大的古樟树和村里优美的环境，总是忍不住进村转转，旅游团的大巴车路过岩前倪家村的时候，也会主动停下来让游客进村游玩。

这样的情景，让岩前倪家村看到了机会。很多村民利用自家闲置农房搞起了农家乐，发展乡村旅游。村民倪信科原来在厦门开餐馆，看到宅改使得村里环境改善带来了商机，便放弃了厦门的生意，把从父亲那里继承的老房子，按照民宿标准进行了大幅改建。他改建后的民宿有三层半，可以接待一个旅游团，门前空地能够停一辆大巴车。而在宅改之前村里遍布空心房，路窄而泥泞，车根本开不进来，他家的老房子只能废弃在那里，产生不了任何经济效益。

目前，岩前倪家村不仅搞民宿，还利用村后百亩板栗园和丹霞红柚园搞起了采摘。

正所谓一步妙招全盘皆活。宅改打开了岩前倪家村的发展空间，带来了实实在在的改革红利，不仅拓展了村庄以及村民的致富渠道，增加了财产性收入，更促进了农村新产业、新业态的发展。2017年，岩前倪家村就接待游客近万人，民宿、农家乐等收入达30多万元。

四 先行试点的经验和教训

岩前倪家村的宅改，是余江县41个先行试点村的缩影。岩前倪家村在宅改中所遇到的问题和具体应对方法，较为典型地体现出余江县宅改的推进思路，也暴露了41个试点村在宅改中面临的问题。

虽然这41个先行试点村都是余江县群众基础较好、基层组织较为健全的村子，但在实践中的宅改却也远不是一帆风顺。这让余江县的改革者更加意识到现实的严峻挑战，因为这才是刚刚开始，更艰难的攻坚还在后头。而让他们欣慰的是，41个先行试点村没有辜负国家、江西省以及余江县改革者的殷殷期望，坚强的基层组织在关键时刻发挥了重要作用，到2015年11月，按照余江县宅改的工作步骤安排，41个先行试点村的宅改如期全部完成。

余江县时刻密切地关注着41个先行试点村的宅改进程。41个村的宅改基本结束之际，盘点改革成果、总结经验教训，立即就被提上议事日程。

经过初步盘点，改革成果令人欣喜，其中在以下这几个方面，基本达到了预期效果。

一是规范了村民的建房行为。41个先行试点村在宅改中都严格按照规划推进宅改，严格执行了"一户一宅"制度和新的建房审批管理程序。对于村民的建房行为，做到村民事务理事会进行初审、签字后逐级上报，切实落实了建房"三到场"、悬挂建房公示牌、公布举报电话等制度，杜绝了农民未批先建、批东建西、少批多建的现象。自改革启动以来，全县没有新出现一起建成的违章建房事件。

二是推动了宅基地的有序退出。41个试点村退出宅基地13.9万平方米，其中无偿退出面积8.2万平方米，完成率98%；有偿退出（含签订退出协议）面积5.7万平方米，完成率100%。消除"一户多宅"387户，"一户一宅"超面积769户。绿化村内面积8600平方米，建设村民活动中心1.4万平方米，新修村内道路51千米，沟渠32千米，村庄人居环境、卫生环境明显改善。

三是促进了节约用地。据统计，在中童镇徐张石丰村、马荃镇岩前倪家村等8个退出力度大的试点村，退出的宅基地可满足未来10～15年的农民建房用地。同时，严格控制村庄规模，按照人均建设用地120平方米编制村庄规划，比原来人均少了50平方米。通过宅改，41个试点村减少村庄用地规模780亩，复垦土地182亩，新增粮田113亩。

四是出台了宅基地管理系列制度。县级层面制定出台了《农村宅基地有偿使用》《流转和退出暂行办法》《农村宅基地择位竞价指导意见》等13个配套试行办法。所有乡镇自行制定出试点村宅改方案、村民事务理事会管理办法等11个运行办法。各试点村民事务理事会制定出宅基地退出和流转办法、宅基地有偿使用办法等6个实施办法，完善了村规民约和村民事务理事会工作制度，初步构建了宅基地管理制度体系。

五是转变了政风民风。在试点中始终坚持政府引导、群众主体，充分尊重群众的意见，做到公平公正公开，让老百姓亲身感受到改革的正能量。同时，坚持干部、理事带头的原则，以实际行动服从和支持改革，使群众从疑虑误解到知晓理解，从犹豫观望到积极参与，既有效推动了试点工作，又进一步密切了干群关系。

六是拓宽了增收渠道。通过有偿使用、有偿退出、流转、出租、增减挂、农房抵押贷款等，统筹综合利用村庄内退出的宅基地、空闲地等，既发展庭院经济、休闲农业、观光旅游，促进了农村"一二三"产业融合发展，带动了农民就业创业，又实实在在保护了耕地，农民可获得更多增值收益，增加实际收入。宅改中，余江县共拨付宅基地有偿退出补偿款290万元，户均增收910元。

当然，任何改革都不会毫无瑕疵。在前期41个试点村的改革实践中，余江县的改革者也敏锐地发现了一些存在的问题。例如有些宅改的分管领导和班子成员业务不太熟练；部分村庄环境整治没有完全到位，部分村民重新简易砌回拆除了的院套，极个别村庄还有零星的厕所留存、村内种菜现象存在；有些村集体对无偿退出的宅基地管理还不到位，没有收回集体；个别村庄的宅基地使用台账、会议记录不完善；由于规划编制时间紧，有些村庄在宅改中也要求对村庄规划进行一定的调整；同时，个别村庄还存在边审批边建设的现象，有的建新房时未按时、按要求拆旧，等等。

除了这些具体的操作层面，在保障宅改顺利推进的宏观把控方面也暴露出一些问题。主要是有偿使用费的收取缺乏强有力的保障措施。余江县虽然研究制定了10多个收取办法，也收到一定成效，但是不少村民理事还是存有畏难情绪，对少数不情愿交纳的村民无过硬措施，还需要在法律法规上给予有力的保障与支持。

另外，农民参与改革的积极性有待进一步激发。农民群众对宅基地的私有观念根深蒂固，认为宅基地可以祖祖辈辈继承下来，是个人私有财产，是祖业。特别是房屋占地大、房屋栋数多，且家里在农村房族（近支宗亲）大的部分群众，不想积极参与改革，不愿退出多占的农村宅基地。

同时，改革成本较高，资金投入不足。加强村内基础设施、道路建设等，让农民群众通过宅基地改革有更多获得感，从而全面激发群众参与热情，还需要不少资金投入。虽然通过收取有偿使用费、择位竞价等手段，村组可获得一定的收益，但还不足以支付宅基地有偿退出的补偿，短时间内县乡（镇）财政压力很大。

　　余江县首批41个先行试点村的宅基地制度改革，是在有想法但无经验的条件下展开的，尽管改革中暴露出不少的问题，但总体而言，41个村的改革试点，为下一步的宅改提供了宝贵的经验教训。前期制定的许多规章制度，在前期改革中经受住了检验，改革中基层组织从现实实践中摸索出的很多办法，也为随后宅改的深层持续推进提供了有益的启示。

03

第三章

"整村推进" 串"点"成"线"

一 从"整村推进"到"美丽乡村综合改革示范建设"

2015年11月，41个试点村的宅改全部完成。余江县宅改的第一阶段，也就是"先行先试"阶段如期收官。

41个试点村的宅改实践，在制度机制完善、宅改方法探索以及经验积累等诸多方面，收获了丰硕的成果。"先行先试"让余江县的改革者深刻体味到了宅改的艰难，但改革成果也让他们看到了改革的前景。41个试点村在宅改第一阶段的实践探索，其重要的价值和意义，不仅在于经验积累和方法探索，还在于将宅改动议之时所描绘的蓝图和前景，一定程度上落实到了现实之中。宅改将给农村带来什么变化、能让村民得到何种好处，经过41个自然村的先行先试，此时已不仅是"听得见"，而且在一定程度上还能"看得见"了。显然，第一阶段改革所带来的变化，有力地减轻乃至打消了人们的顾虑，从而为后续的宅改提供了极为有利的条件。41个试点村的宅改结束之后，余江县下一阶段的宅改，也随之到来。

"整村推进"的设想

按照《江西省余江县农村宅基地制度改革试点实施方案》设定的改革时间进度，余江县的宅改将在2016年进入全面推进阶段。41个试点村的宅改结束之时已经临近2015年底，要在2016年在全县开始全面推进宅改，从时间上看是相当紧迫的。但是现在回顾整个宅改历程，不得不佩服，在对改革的时间进度和节奏的把控上，余江县的改革者展现出了沉稳自信的大局观。

在拟定宅改的实施方案的时候，余江县的改革者已经参照国家对于宅改的时间限定，设定了全县宅改的进度表。"先行先试"的41个自然村的宅改暂告一段落后，总结第一阶段经验教训的同时，余江县立即启动了下一阶段的改革，这就是宅改的第二阶段——"整村推进"。

所谓"整村推进"，也就是在盘点、总结41个自然村的试点成果基础上，将改革往深层再进一步，从自然村的层面扩大到行政村的层面。在江西省，自然村有的也叫村小组，是最小的村庄形态。数个自然村或村小组，组成一个行政村。显然，在行政村的层面上进行"整村推进"，改革的"面"加大了。

但是，这种加大了的"面"在"整村推进"阶段却并不是全部覆盖到余江县所有的116个行政村。余江县改革者的谋篇布局中，41个自然村的试点在体量上还是有点太小了，其所收获的改革成果和经验，能否推广到全县、能否支撑起全县范围的宅基地制度改革，他们心中依然还有疑问。从稳妥、有序推进宅改的考虑出发，"整村推进"阶段依然还带有探索的性质。因此在这一阶段，余江县依然延续了分步实施、逐渐铺开的推进方式，在全县116个行政村中，他们先选择了20个行政村进行"整村推进"试点。

在余江县改革者的构想中，通过"整村推进"阶段20个行政村的宅改，一是进一步总结改革的经验、教训，完善各种制度、政策，为下一步的宅改提供参考、启发和基础铺垫；二是将41个自然村宅改所形成的"点"，串成"线"，从而在全县范围内，形成更大的宅改示范效应。

"1+N"与"美丽乡村综合改革示范建设"

"整村推进"是余江县改革者在宅改启动初期所进行的勾画，而在宅改第一阶段41个自然村的改革试点中，看到宅改为余江农村带来的可喜变化，他们仿佛突然发现了一片更加广阔的天地，在"整村推进"的基础上，一个更加宏大的改革设想，很快就酝酿成型。

回忆起当时的情景，余江县国土资源局局长蔡国华是这样解释这个更加宏大的改革设想的来龙去脉的："看到

41个自然村的宅改试点取得了超出原来预想的成果，看到宅改能够调动起全方位的社会资源，我们县里的领导，主要是县委书记张子建就非常具有前瞻性地设想，何不借着宅改，以宅改为统领、为抓手、为主线，将正在农村进行的其他改革事项贯穿起来，形成一个更加全面的农村综合改革建设方案？"

这个更加全面的农村综合改革方案，就是"美丽乡村综合改革示范建设"，它同时也被余江县称为"1+N"改革。所谓的"1"，是指宅改，"N"则是其他多项农村改革事项。

2015年11月2日，余江县委向全县正式发布了《关于开展美丽乡村综合改革示范点建设实施方案》（以下简称《方案》）。《方案》明确指出，"以宅基地制度改革为统领，统筹农业和农村发展，扎实推进农村综合改革。坚持重点突破，试点先行，努力打造一批美丽乡村综合改革示范村"。

对于改革的目标任务，《方案》也做了安排，"通过乡镇推选或毛遂自荐方式，在每个乡镇选取1个以上四星、五星行政村或积极性高的行政村，集中4个月的时间，大力实施以'1+N'项农村综合改革为主要内容的示范村建设，着力破解我县在已经开展了新农村建设、正在开展新农村建设和还没有开展新农村建设等3类村庄推进宅基地制度改革的难题，实现村庄规划好、资源盘活好、生态建设好、精准扶贫好、农产品流通好、环境整治好的目标，为明年宅基地制度改革全面铺开打下坚实基础"。

从这样的字面表述上可以看出，此时余江县已经非常明确地把宅改的"整村推进"，升级成了建设美丽乡村综合改革示范村。在2015年初启动宅基地制度改革试点之前，余江县就已经开始了新农村建设。而宅改所涉及的村庄规划、空心房整治、私搭乱建清理以及"一户多宅"治理等方面，与新农村建设所要求的项目很多都可以融合起来，一起推进。余江县在宅改试点阶段非常看重所选择的试点村是否开展了新农村建设，其中一个很重要的考量就在于此。

"1+N"这种形象的表述，在实施方案中得到了更加明确的界定："以宅基地试点改革为统领，扎实推进农民住房财产权抵押贷款试点、农村集体资产股份权能改革试点、创建生态文明示范村、新农村建设、农村生活垃圾专项治理、农村淘宝、精准扶贫、把纪律和规矩挺在前面等N项改革和重点工作，实现相互融合，共推发展，促进农村经济社会全面协调可持续发展。"由此即可看出，"N"所代表的具体内容。

20个行政村

《方案》发布后，选择示范行政村的工作立刻紧锣密鼓展开。《方案》明确要求，所选择示范的行政村应该是四星、五星级行政村或者是积极性高的行政村。

根据《方案》的这种要求，在遴选工作开始之前，余江县宅改办和余江县委组织部，对全县行政村进行了大排名，依据排名情况以及行政村在各乡镇的分布，确定全县11个乡镇的示范村名单。

一开始，余江县宅改办让各乡镇自己推荐示范行政村的名单。这也是实施方案的要求。根据上一阶段宅改的经验，他们原来估计各乡镇可能会拖拖拉拉。一个行政村包含好几个自然村，工作量和工作难度都显著加大，乡镇的畏难情绪恐怕也会随之加重。

可最终结果却大大出乎宅改办的预料，相比于在确定41个试点自然村的时候各乡镇表现出的缩手缩脚不愿主动出头，这一回各个乡镇的自荐却极为踊跃。各个乡镇很快就把名单报了上来，更让宅改办没想到的是，11个乡镇中的黄庄乡，居然提出要"整乡推进"。

现任江西省扶贫办公室副主任，当时还是余江县县长的路文革知道此事后感慨万分，他认为，各个乡镇在宅改"整村推进"、升级为"美丽乡村综合改革示范建设"的阶段一改此前或多或少的犹疑、畏难，转而踊跃自荐，力争自己所在乡镇有更多行政村尽快开展宅改，并且出现了要求"整乡推进"的例子，这充分说明宅改的效果已经初步展现出来。大家看到了宅改带来的可喜变化，看到了宅改为农村、为农民带来的好处，所以才会如此踊跃地积极参与进来。

余江县国土资源局副局长聂荣华后来回顾这一阶段改革时也认为，"整村推进"阶段的宅改进行得比较顺利，除了受益于宅改第一阶段41个自然村的试点所取得的经验外，再就是第一阶段的宅改确实让人看到了实效和成果，让人看到了宅改给村子带来的显著变化。因为有了榜样和现实摆在那里，所以后续的很多村庄都非常积极主动要求进行宅改。

黄庄乡在宅改的"整村推进"阶段主动提出要进行"整乡推进"，主要就是因为看到了宅改带来的变化、尝到了宅改的甜头。在第一阶段41个自然村的宅改中，黄庄乡的马源上马源村、沙湾新屋底村、黄庄金墩村、峨凤峨门村共计四个自然村进入了这一批次的宅改试点中。通过宅改，四个自然村的村容村貌发生了巨大变化，村子变干净了、道路宽敞了，以往村中私搭乱建的猪牛栏和空心房得到了彻底治理。生活在整齐、干净、有序的村子里，村民的精神面貌也得到显著提升。这四个自然村，成为宅改最好的宣传员，也成为其他村学习的标杆。

黄庄乡主动提出"整乡推进"搞宅改，并不是急躁冒进、出风头，而是基于乡里的现实提出的。除了上述41个自然村宅改试点让大家看到了希望、尝到了甜头外，还因为黄庄乡有良好的群众基础。黄庄乡位于余江县北部，全乡人口不多、面积也不大，尤为重要的是民风淳朴，在余江县有口皆碑。宅改开始之前就已启动的新农村建设中，黄庄乡就有好几个村子主动提出尽快在自己的村子开始新农村建设。正是基于这样良好的现实条件，黄庄乡才提出了"整乡推进"的设想。

有了第一阶段宅改的良好开局，美丽乡村综合改革示范村的确定也就水到渠成。依据各个乡镇的自荐以及县委组织部和县宅改办的大排名，再加上黄庄乡"整乡推进"，20个行政村名单很快就确定了下来。

20个行政村共下辖185个自然村或者村小组，其中已完成新农村建设的128个，尚未开展新农村建设的46个，正在建设中的11个。

一个统领、四个统一、九个协同

　　2015年12月16日，余江县召开20个行政村美丽乡村综合改革示范建设推进会议。余江县分管宅改、生态文明示范村建设、新农村建设、精准扶贫等9项综合改革和重点工作的县领导，县委办、县政府办主要负责人，以及各乡镇党政主要负责人、分管副职、国土资源管理所长，41个宅改试点村理事长，20个综合改革示范村的村干部和理事长，共480余人参加会议。

　　会议一开始，余江县委副书记金建华就针对"美丽乡村综合改革示范建设"是什么、做什么和怎么做进行了工作布置。

　　县委书记张子建随后也在会上讲话，他强调要精准发力、科学推进，紧紧围绕以宅基地制度改革为统领，全面完成宅改任务，积极稳妥有序推进其他各项改革和重点工作，强化宣传发动、激发内生动力、破解工作难题、强化建房管理。要加强组织领导，强化专项督查，强化稳妥推进，强化考评考核，强化纪律约束，务实推进，以更加坚定的决心、更加务实的作风、更加有效的举措，共同把这项惠及广大群众、造福子孙后代的事业做好，为全县经济社会健康协调发展做出新的更大贡献。

这次会议，标志着余江县"美丽乡村综合改革示范村建设"启动，同时也是余江县宅基地制度改革试点第二阶段——"整村推进"阶段正式拉开帷幕。

会议召开的当天下午，美丽乡村综合改革示范村邓埠镇上坂村小组就展开了行动，无偿退出一宗面积112平方米的宅基地，有偿退出宅基地9户，面积710平方米；杨家村小组也退出院墙500平方米。

由于有了第一阶段41个自然村的宅改经验，"美丽乡村综合改革示范建设"及"整村推进"阶段的宅改，在工作程序和任务设定上比起第一阶段的工作来，显得更加有条不紊。

作为此阶段改革的战略总指导，2015年11月2日公布的《关于开展美丽乡村综合改革示范点建设实施方案》，从改革的指导思想、基本原则、目标任务、工作步骤、工作要求等方面，对宅改"整村推进"以及如何建设美丽乡村综合改革示范点，都做出了详细部署和安排。总体来看，这份改革文件在详细设定了改革推进的时间节点基础上，可以用"一个统领、四个统一、九个协同"来概括。

所谓"一个统领"，就是以宅基地制度改革为统领，这是所有其他工作的主线和基础。因为没有了宅改这一主干性的工作，余江县的宅改试点也就偏离了轨道。因此，实施方案要求全县各试点行政村必须全面完成这一阶段宅基地制度改革的各项工作任务，同时还要积极推进其他各项改革和重点工作。要把其他各项改革和重点工作作为支撑，与宅改相辅相成、相互促进，共同推动"美丽乡村综合改革示范建设"向纵深发展。

正是从这"一个统领"上，显现出了宅改与"美丽乡村综合改革示范建设"的逻辑关系，也显示出了余江县改革者在农村工作理解和把控上的前瞻性、全局性。

所谓"四个统一"，也即统一编制规划、统一整合资源、统一群众思想、统一工作进程。"四个统一"可以理解为是对此阶段改革的整体把控。其关键点在于统一编制规划。由于"美丽乡村综合改革示范建设"在一定意义上是宅改的升级版，如何以宅改统领、带动其他各项改革，就成为工作能否整体、协调推进的关键。就此而言，四个统一中的"统一编制规划"可谓是提纲挈领。对此，余江改革者有着清醒的认识，他们在启动第二阶段宅改之时，就清楚地勾勒出了宅改向"美丽乡村综合改革示范建设"升级的路径——坚持"规划一张图，建设一盘棋"的原则，以宅基地制度改革规划为蓝本，注重各项改革工作规划的相衔接，提高规划的协调性、可实施性。并按照宅基地制度改革规划统筹考虑农村住房建设、村庄整治工程等项目建设，综合布置住宅、村庄基础设施和公共服务设施，使所有项目设施服从规划、跟进规划。

"九个协同"是指"协同推进农村经济发展水平""协同推进农民住房财产权抵押贷款改革""协同推进农村集体资产股份权能改革""协同推进生态文明示范村建设""协同推进新农村建设""协同推进农村生活垃圾专项治理""协同推进农村淘宝项目建设""协同推进精准扶贫""协同推进'把纪律和规矩挺在前面'"。

"九个协同"基本就是"1+N"改革的具体领域。因为宅改节约了用地规模，实行土地整治、复垦耕地，能够腾出空间发展农村特色产业，以此推进农村经济发展水平。

通过宅改建立健全了农村集体经济组织，促进了有偿使用费的收取、宅基地的退出、规划内土地的收回等，因此为推进农民住房财产权抵押贷款改革拓展了空间。

宅改还推进了村庄绿化、庭院美化建设，对村、路、渠、宅这"四旁"和公共区进行治理，改善了村庄环境的生态景观面貌和质量，进一步改善农村人居环境、促进民风转变，因此对于推进生态文明示范村建设也大有裨益。

宅改必然要求广大党员干部、村民理事敢于担当、勇于负责，做事公道、公开、透明，不存私心、不谋私利、一心为民、廉洁奉公，对于检验、锻炼党员干部的政治素质，宅改可以视为极为有利的试金石，因此宅改也有力地推进了"把纪律和规矩挺在前面"。

总之，"九个协同"都是紧紧围绕宅改来做文章，通过宅改这一根线，把其他各项工作贯穿、发动、推进起来。

三 蓝田宋家村的美丽乡村建设

在余江，平定乡的蓝田宋家村可谓赫赫有名。因为这个村是"血防精神"的发源地。

1958年6月30日，毛泽东主席看到《人民日报》刊发的余江县消灭血吸虫病的长篇报道后，激动不已、彻夜难眠，第二天一早便挥笔写下了《七律二首·送瘟神》。这两首诗当年传遍大江南北，其脍炙人口的诗句，至今还有不少人能脱口而出。毛主席诗中所赞颂的，就是这个蓝田宋家村。

蓝田宋家村的宅改及美丽乡村建设正式开始于2015年11月。从宅改的先天条件来说，蓝田宋家村的基础还是不错的。首先村庄布局比较合理，全村呈现"四横五纵"的格局；村里的生态环境也比较优美，村里有多棵千年古樟树和成片茂密的竹林，将整个村子环抱在浓浓的绿意中。蓝田宋家村的历史可以追溯到唐代，厚重的历史积淀，造就了该村浓郁的文化底蕴；蓝田宋家村是余江县闻名遐迩的"才子村"，向学风气代代相传，全村现有博士毕业生4人、硕士毕业生8人、本科大中专毕业生150余人。文化熏陶和文明传承，塑造了蓝田宋家村和谐、淳朴的村风。

全村现在共有176户698人，在外流动人口480余人。全村主要以种植水稻为主，面积达1080亩，是个平原型村庄。

总体上看，蓝田宋家村的情况不错，但是以宅改和美丽乡村建设的标准来衡量，还存在明显的问题。根据余江县宅改办以及平定乡拟定的宅改工作流程，蓝田宋家村在村主任兼村民事务理事会理事长宋志强的主导下，对村里宅基地的情况进行了调查摸底，结果发现，村里"一户一宅"的有158户、"一户多宅"的18户、"多户一宅"的房屋23栋、废旧禽畜舍4处共207间，面积达6000平方米。

宋志强和村民事务理事会成员认真分析了村里宅基地存在的问题，认为主要有三点：一是废弃的禽畜舍、猪牛栏、露天厕所较多，到处杂草丛生、鼠蛇乱窜、污水横流、蝇虫乱飞；二是村内的空心房、危旧房较多，其中许多房子无人维修、无人管理、摇摇欲坠，存在太多的安全隐患；三是村庄周边都是基本农田，建房用地非常困难。蓝田宋家村较早就编制了村庄规划，并且严格按照规划进行建房审批，杜绝了"未批先建，少批多建"现象，10多年未占一分良田。但是由于存在"一户多宅"和大量废弃禽畜舍问题，村里尚有15户村民无宅基地建房。多年来，村里邻里之间因宅基地产生了很多矛盾纠纷，甚至还发生过因宅基地问题引发的打架事件。

存在的问题找出来后，下一步就是针对各个问题，寻求破解之道。要改变久拖未决的宅基地问题，让蓝田宋家村更加美丽、文明，让村风村貌再上一个台阶，余江县正在逐渐铺开的宅基地制度改革试点，的确让宋志强发现了极为有利的契机。

通过对宅改政策的学习领会，宋志强以及村民事务理事会经过多轮讨论，为蓝田宋家村的宅改设定了以下几项任务：

一是根据余江县制定的宅基地改革制度，建立和完善本村的村民事务理事会；二是制定村庄规划，酝酿制定本村实施办法，开展宅基地调查摸底、公示；三是将废弃的猪牛栏、露天厕所等附属房和"一户多宅""多户一宅"进行无偿、有偿退出；四是进行土地平整，建设集体杂物间和猪牛栏，进行村庄绿化、美化，安排农民建房用地，开展路面拓宽，建设"感恩广场"和村文化活动中心，完善宅基地管理制度，健全村规民约固化制度。

提升村风村貌的良好愿望，在现实中也并不是一开始就得到认同。蓝田宋家村宅改四项任务中，完善本村村民事务理事会、开展宅基地调查摸底公示很快就完成了，宋志强接下来碰上的最大、最让他头痛的问题，是许多村民对宅改不理解。"一户多宅"以及空心房和废弃的猪牛栏，都是多年延续下来的，在村民认识里，即便没人住的就要倒塌的空心房，也是自己的产业，空在那里、烂在那里可以，但若要拆掉它们，却是万万不行的。村里有一位70多岁的老婆婆，所住的老房子属于多宅，得知要按宅改规定拆掉后，声称谁要敢拆她就死在老房子里。宋志强前前后后做了她20多次思想工作，最后请出了她在厦门工作的儿子，工作才算完全做通。

这样的情况，在余江县宅改第一阶段41个自然村试点的时候就经常发生，而且在随后的宅改中也还不断出现。对此，如何在宅改中凝聚合力，让大家广泛参与宅改，成为宋志强在蓝田宋家村推进宅改首先要解决的问题。借鉴前期41个自然村的试点经验，宋志强首先在宅改的宣传发动上下了大力气，并将宣传发动贯穿于宅改的始终。整个宅改过程中，蓝田宋家村召开村民大会、理事会、党员干部会等各种会议20余次，同时多形式地召开工作推进会、调度会。通过寄送、张贴《致村民朋友的一封信》及编制短信、微信进行宣传。自制宅基地改革宣传单500份，编制群众喜闻乐见的宣传画册480余份，刷写固定标语12条，设立宣传栏、公示墙6处，使宅基地制度改革工作家喻户晓、人人皆知。

宣传发动是对宅改的有力铺垫，而在宋志强看来，宅改中群众的不理解、不配合甚至刁难都是可以理解的，真正的问题实际上是党员和干部怎么认识宅改、在宅改中怎么做。他认定，只要党员干部、村民事务理事会理事能齐心协力、拧成一股绳，就没有克服不了的困难、没有做不了的事。因此，以宋志强为理事长的蓝田宋家村民事务理事会的7名理事，在村里的宅改中责无旁贷地冲在了第一线，只要理事会成员中有人家里涉及"一户多宅"、空心房、废弃猪牛栏等宅改要解决的问题，他们毫无疑问都是带头先拆自己家的，从而在全村人面前树立了榜样和威信。也正是村民事务理事会各个理事能够正人先正己，理事会在村民自治中的主导地位空前强化，成为宅改最有力的推动力量。

在健全本村的宅改制度、规范宅改操作方面，按照余江县对宅改的工作机制要求，结合自己村子的实际情况，蓝田宋家村制定《集体经济组织成员认定办法及户的界定办法》《宅基地有偿使用办法》《村规民约》《宅基地退出及流转办法》《农民建房管理审查细则》《宅基地分配方案》《村民事务理事会工作制度》《村庄规划执行办法》《村民事务理事会章程》等多项办法、方案及制度，并及时张榜公布，作为在村里推进宅改的政策依据。

为了在宅改中做到有的放矢，做到公开、公平、公正，宋志强和理事会对全村宅基地情况进行了摸底调查，把超占、多占面积的农户梳理并公布出来。根据村里制定的宅基地使用、退出的相关政策，实行无偿、有偿相结合的退出办法，对闲置废弃的猪牛栏、露天厕所等进行无偿退出，对18户"一户多宅"的房屋按照60元/平方米的标准进行有偿退出。为了解决村民因多宅拆除后出现的农机工具无处放置的问题，蓝田宋家村还根据村庄规划，建设了集体杂物间60多间、集体猪牛栏30多间，并以1600元每间的价格出租给本村村民。

宅改改变着村庄的风貌，宋志强等人的艰苦努力，也感动着蓝田宋家村人。村里一位叫宋和红的乡贤，在山东威海从事眼镜批发生意。人虽常年在外地，但一直把家乡挂在心上，对家乡的建设更是密切关注。

宋志强在村里搞宅改，宋和红当然注意到了，村里在宅改中取得的一点一滴的变化和进步，都让他分外欣喜。长期在外打拼、闯荡，使宋和红拥有了开阔的视野。他敏锐地认识到，宅改以及美丽乡村建设，不仅使村子在村风村貌上焕然一新，更为蓝田宋家村今后的发展拓展了空间，奠定了起飞的基础。因此对于村里的宅改，宋和红坚决支持。他多次往返威海和家乡，利用自己良好的声誉主动配合宋志强等村干部的工作。当得知村里清理了空心房和废弃猪牛栏，村貌得到显著改善，但后续美化建设缺乏资金支持的时候，他专程赶回村里，在之前捐资16万元建设村文化活动中心的基础上，又捐资80万元为村里建设"感恩广场"，以实际行动感恩父老乡亲，感恩党的好政策。

为了让蓝田宋家村更加美丽、宜居、和谐，在大力保持原有生态风貌的基础上，宋和红在村里又赠植桂花树420余棵，他的设想是，将蓝田宋家村打造成具有"一乡一品"特色的"桂花村"。

只要真心谋改革，付出的汗水、辛苦和所受的委屈总有一天会得到回报。在宋志强等人的艰苦努力下，仅仅用两个多月时间，蓝田宋家村的宅改就圆满完成。美丽乡村建设取得了看得见、摸得着的成效——影响村庄美观和布局的207个废弃禽畜舍无偿退出了，面积达6200余平方米；"一户多宅"的房屋也全部退出了，面积达2500余平方米。通过宅改，全村不仅重新回到"一户一宅"的法制轨道，而且退出的空地可以满足村庄未来10年建房用地需求。利用宅改退出的土地，村里重新安排了6户村民的建房用地，硬化村内道路800米，修整沟渠600米。同时以"吃、住、行、游、娱、购"为主，打造村史馆、农家乐等乡村特色产业，还利用全村112个闲置房间发展民宿，预计全年户均将增收2万元以上。群众的改革获得感和幸福指数大幅提升。

四 "整村推进"的任务清单

　　蓝田宋家村的宅改，典型地反映了余江县在宅改的第二阶段，即"整村推进"及"美丽乡村综合改革示范建设"阶段的基本改革步骤和如何实现"1+N"改革目标的策略设计。从改革路径来看，改革启动之时，一般都是首先建立、健全村民事务理事会，从村里各房各族中选出有威望、有代表性的理事，尤为重要的是要确定一位敢于担当、愿干事、能干事的理事长。理事长确定了，理事会建立、健全了，村里就基本具备了改革的组织力量和推进力量。

　　在村民事务理事会建立、健全之后，首先要做的是制定本村的发展、建设规划以及酝酿制定宅改的各项制度，以规划统领宅改和村庄建设，使宅改有依据、有程序，从而保障宅改有序、合法推进。

　　正式启动宅改之前，余江县以宅改办为统领，组织各相关部门制定了《农村村民建房管理暂行办法》《农村宅基地有偿使用、流转和有偿退出暂行办法》《农村集体经济组织成员资格认定办法》《农村宅基地流转暂行办法》《进一步强化村民事务理事会对宅基地管理的权责》等规章制度。这些宅改制度，在宅改第一阶段，已经在41个试点自然村的宅改中施行。

在宅改的"整村推进"阶段，余江县宅改办又根据宅改的实际需要和进程，制定了《余江县农村宅基地择位竞价分配指导意见》《余江县农民住房财产抵押、贷款实施方案》《完善余江县农村宅基地流转暂行办法》《余江县农村宅基地增值收益分配指导意见》等多项规章制度。

而与之相配套，进行宅改的各个行政村，则要以县宅改办的各项制度为依据，结合本村的情况，酝酿制定出符合本村实际的相应制度。也就是说县里只给出宅改的政策框架，在框架之内，各村再制定、细化出本村的宅改规章制度和实施细则，并按照规定严格执行。

村里酝酿出的规章制度，必须张榜公布，一是政策公开透明；二是接受全体村民的监督。

如果说在41个自然村试点阶段主要是摸索探路，那么在"整村推进"及"美丽乡村综合改革示范建设"阶段，余江县的宅改则基本确立了改革的框架，改革的思路和视野大为开阔，具体的改革措施也更加凸显了创新性和可操作性。比如宅基地的择位竞价这个宅改政策，堪称余江县宅改中探索出的极富特色的政策。41个自然村试点之时，该政策尚未成型，而在"整村推进"阶段，宅基地择位竞价则全面铺开，有力地规范了宅基地分配秩序。

按照该政策的表述，宅基地择位竞价的目的是"丰富农村宅基地分配方式，凸显宅基地区位优势"，"坚持'一户一宅、有偿使用'的原则，激发农村村民节约、珍惜土地意识，提高宅基地利用效率，彰显宅基地使用公平、公开、公正。助推农村宅基地由资源、资产到资本的转化，保障新农村建设、旧村改造、村庄基础设施建设资金需求"。

简单来说，宅基地择位竞价一是改变了此前宅基地分配的随意性和人为干预性，因为土地是有价值的，要想获得更好的位置，就要多付出资金成本。这实际上是发挥了价格杠杆的引导、撬动作用。在价格面前，节约、珍惜土地以及获取土地公平、公开、公正，很自然就得到了强化。其二，这也是为村庄建设筹集资金的一种方式，并为土地的流转、增值以及土地在未来向资产资本化转变做了前期铺垫。

经过4个多月的紧张工作，到2016年3月底，"整村推进"全部如期完成。在如此短的时间内，宅改就取得了显著进展，这样的速度让人惊讶。宅改组织者善于认真总结前期宅改经验教训，仔细、慎重筹划后续改革推进，在余江县宅改中起到了巨大作用。但就具体操作来说，余江县究竟采取了什么办法，也的确值得认真思考。详细考察余江县在宅改中的实际操作，可以发现，尽管每个阶段的改革都有许多领域需要探索，需要"先行先试"，但是改革的每一阶段都明确知道究竟要干什么，以及究竟怎么干。在头脑里从宏观上清晰知道改革的目标，是余江县推进宅改试点的显著特征。而且这种思路和目标上的清晰，贯穿于县政府、宅改办、各乡镇乃至各行政村、自然村的各个层面。

宅改"整村推进"及"美丽乡村综合改革示范建设"中，突出体现了各个层级对于改革目标的清晰认识和把握。

在余江县政府这一层面，如何推进"整村推进"及"美丽乡村综合改革示范建设"，政府就对宅改工作设定了如下目标：

一是高位推动。县级政府层面成立了美丽乡村综合改革领导小组，作为此一阶段改革的总指挥、总调度。同时，建立县级领导挂点联系制度并确定了包镇干部。

二是彻底摸清各村情况，制定了工作进度表、定期汇总各村进展情况，从而在宏观上把控了工作进度。

三是明确这一阶段的改革内容，制定美丽乡村宅改任务清单。

四是加大宣传力度，务必让改革工作家喻户晓。

五是严格考核。针对"整村推进"及"美丽乡村综合改革示范建设"，余江县制定了详细的考核方案和评分细则，使得每一项工作都做到可量化和有据可查。

余江县宅改办，是全县宅改工作的总指挥部，承担着全县宅改协调推进和具体实施的枢纽作用。宅改办工作是否细致、明确，将直接决定宅改的进展。"整村推进"及"美丽乡村综合改革示范建设"这一阶段的改革，在做什么、怎么做上，余江县宅改办拟定的下面这份详细的工作清单，可以明确看出这一阶段改革所要完成的重点工作。

一、完善村民事务理事会。每个村组需按照代表性、公认性、稳定性的要求产生理事会，理事长原则上由村小组长兼任。

二、开展调查摸底。摸清全村宅基地的宗数、面积、房屋情况、权属情况。

三、宅基地信息公示。公示每宗宅基地面积、权属人。

四、集中培训、封闭酝酿。集中组织理事会成员培训，学习宅改有关文件精神。封闭酝酿出本村集体经济组织成员资格认定办法、有偿使用费收取办法、宅基地流转退出办法、宅基地分配监管办法以及土地收益分配办法。

五、宣传发动。（1）写标语；（2）制作宣传栏；（3）公示本村出台的办法及集体经济组织成员资格和户的认定；（4）召开群众大会；（5）发放宣传手册、开展知识问答；（6）制作村民通讯录、群发短信、寄送《致外出村民的一封信》。

六、无偿退出。对村庄内废弃、倒塌的猪栏、牛栏、空心房以及所有露天厕所全部实行无偿退出，退出后宅基地归还集体，在退出之前拍照存档。

七、村民填写退出或缴纳有偿使用费申请表。根据群众意愿对"一户多宅"或超面积的村民可自主选择退出或缴纳有偿使用费（按规划要求拆除的除外），并将申请表情况张榜公示。

八、收费和拆除。收取有偿使用费和组织拆除工作，收取情况及时公示，拆除前后拍照存档。

九、收回规划内土地。收回村庄规划规模控制线范围内的空闲地、耕地和林地以及不符合村庄规划需要拆除房屋的宅基地，集体能随时使用，确保规划能顺利实施。

十、完善基础设施，整治村庄环境。根据村庄的经济实力和村民需求，结合涉农项目资金整合，完善好基础设施、公益设施，按"宜林则林、宜建则建、宜耕则耕"形式整治退出的宅基地。

十一、择位竞价，弃退进城。按择位竞价规则和制定的农民进城优惠办法，采取不同形式，确保户有所居。

十二、村务公开。将资金来源、使用情况以及宅基地制度改革试点工作中相关台账资料进行公示，接受群众监督。

很显然，这份清单不仅是对各个乡镇和行政村、自然村的具体改革任务分配，更是一份推进改革的路径指南。只要严格按照这份清单完成所列各项任务，"整村推进"

阶段的宅改显然就可以切实完成。

而在乡镇层面，由于各乡镇政府是宅改第一线的指挥者，其宅改做法更多体现了切实的可操作性。综合各乡镇的宅改做法，基本上有以下共性：

一、每周一调度一评比制度。有的镇甚至每日调度、一天一报告。每天在镇工作群内定时通报进度并进行排名，营造你追我赶的工作氛围。

二、注重以人为本。在拆除旧房前，镇村干部亲自动手，帮助群众下瓦、理顺电线、转移财物，拆除后整理好房屋建筑石料，保护好现有建筑，消除安全隐患。

三、加强领导，责任到人。各乡镇全部成立了综合改革领导小组，乡镇党委书记任组长，乡镇长任副组长。同时还成立了工作小组，带领乡镇干部进村入户，吃住在村里，并建立严格的考勤制度。

四、注重干部带头。参与宅改的每个村都是干部先退先交，带动百姓参与。

五、加强宣传。除了入户宣传、刷写标语、发放宣传册外，由于"整村推进"及"美丽乡村综合改革试点建设"阶段正好碰上春节，许多乡镇在县里的安排下，集中利用春节期间走访外出务工人员，宣讲政策，取得他们的理解和支持。

六、建立健全规章制度。督促各村分别制定符合本村实际的《宅基地有偿使用办法》《宅基地退出、流转办法》《集体经济组织成员资格认定及户的界定办法》《村规民约》《农民建房审查细则》《宅基地分配方案》《理事会工作制度》《理事会权力运行监督机制》等制度并公示。

七、在拆除旧房过程中注重收集一些有保留价值的古旧物品、建筑构件，拟建立乡镇或村级陈列室。

八、集中、及时清运垃圾，让村民过一个干净的春节，也体会到宅改给村里生活带来的新变化。

至于村级层面，从现实中提炼出的各种做法更是五花八门，充分体现了人民群众的创造性。比如许多村里建立了宅改微信群，每天及时通报宅改进展，哪一家配合宅改及时拆除了多宅部分和废弃猪牛栏，在微信群里将得到隆重表扬；而哪一家拖了宅改的后腿，也毫不客气地提出批评。虽然类似的办法看上去很简单，但乡村是一个熟人社会，无形中也形成了对于宅改的促进，小办法、土办法，其实都发挥了很大的作用。

五 "整村推进"的成果和存在的问题

　　截至2016年3月底，余江县宅改第二阶段，在20个行政村展开的"整村推进"及"美丽乡村综合改革示范建设"进入收尾。11个乡镇及20个行政村的改革成果也逐渐统计出来。

　　2016年4月26日—29日，余江县宅改办分成两个组，对20个行政村的宅改工作进行了考核。根据这一阶段改革的统计数据，余江县委、县政府和余江县宅改办，梳理、盘点了本阶段的改革，归纳、总结出以下收获和问题：

　　在宅改的成绩方面，一是促进了有序退出。全县无偿、有偿退出宅基地5738宗，面积66.4万平方米。消除"一户一宅"超占面积3813户，占超占面积户数的74%；消除"一户多宅"2252户，占"一户多宅"户数的54%。二是美化了村庄环境。各个试点村土地复垦面积330亩，新修村内道路67千米、沟渠49千米，清运建筑垃圾9.8万吨，绿化村内面积21万平方米，260个宅改自然村村内绿化率达到20%以上，建设村民活动中心2.8万平方米，村庄人居环境明显改善。三是促进了节约用地。在中童镇徐张石丰村、杨溪金墩村、黄庄三港桥等50多个退出力度大的试点村，退出的宅基地可满足未来10～15年的农民建房用地。四是实行了有偿使用。通过由村民事务理事会主导，对超标准占用宅基地、"一户多宅"、继承等对象实行有偿使用，共收取有偿使用费373万元。五是收回了规划用地。目前已收回村庄规划内土地480亩，拆除影响规划房屋及附属建筑面积18.9万平方米。六是增加了集体收益。试点村已流转宅基地24户，面积3500平方米；择位竞价宅基地6宗，面积700平方米，集体获益4.2万元。七是转变了政风民风。在试点中始终坚持干部、党员、理事带头的原则，以实际行动服从和支持改革，做到公平公正公开，让老百姓亲身感受到改革的正能量，既有效推动了试点工作，又进一步密切了干群关系，促进了邻里和谐。八是拓宽了增收渠道。截至改革第二阶段完成，共拨付有偿退出补偿款670万元，户均增收430元。同时综合利用村庄内退出宅基地、空闲地，发展"一村一品"庭院经济、休闲农业、观光旅游等，促进了农村"一二三"产业融合发展，带动了农民就业创业，增加实际收入。九是推动了进城落户。通过宅改，制定完善了土地、财政、教育、保险、投融资、就业、创业等配套政策，引导、鼓励有条件的村民进城落户，促进新型城镇化发展。十是得到了政策支持。余江县的宅改工作,从一开始便得到了中央、省、市各级领导和部门的关心和支持。余江县相关部门共争取各类政策、项目20余项,落实资金6000余万元。这些政策和资金,为余江县的宅改以及美丽乡村建设,注入了强大动力。

成绩很明显,但问题也很突出。"整村推进"阶段的宅改和"美丽乡村综合改革示范建设"所涉及的改革面显著加大。实际上,这一阶段的改革已经逼近了宅改的深水区,因此,许多第一阶段改革尚未触及的问题在这个阶段暴露了出来,一些前期还不明显的问题,也逐渐显现出了严重、严峻的一面。主要问题大体表现在这样几个方面:

一是缺乏有偿退出资金,村民得不到及时补偿,不愿退出,造成退出力度不大。二是宅基地拆除、建筑垃圾清运需要大量资金,而村小组无收入,乡镇暂借,财政压力大。三是有的村民事务理事会作用发挥不明显,村组干部存有观望、依赖、畏难思想,担心改革只是完成任务,缺乏长效性,群众参与积极性不高,尤其是已进行了新农村建设的村庄。因为这类村庄基础条件较好,村内环境也比较整洁、优美,因此对于宅改和美丽乡村建设缺乏动力。四是一些自然村提出了农田、水利、土地增减挂等项目支持要求,但这些项目一时还不能尽快落地,一定程度上挫伤了群众的改革积极性。

越到深水区,改革的难度自然就越大。对此,余江县的改革者倒是有心理准备。在充分地看到困难和问题的同时，他们也清楚看到了改革所带来的变化、所激发出的内生动力。那就是——尽管改革遭遇了诸多坎坎坷坷，但是通过宅改和"美丽乡村综合改革示范建设"，村庄道路变得宽敞了，倒屋烂舍、废弃厕所没有了，村庄环境大为好转，群众有了更多获得感。群众宅基地私有观念也发生了显著转变，土地集体观念和集体意识增强了，保护耕地、爱惜节约土地的观念深入人心。干部、党员、理事带头改革，村风明显好转，老百姓感受到社会的公平正义，干群关系进一步密切。建房行为得到了规范，一户只能一宅，建房要严格按照规划，面积法定，理事会进行初审，逐级上报，审批后才能建房。那些原来因长期得不到重视而在现实中极为混乱的行为，通过宅改得到了初步却显著的扭转。这一切改变，都在不同程度上激发了普通群众对于宅改的认识和改革期待，从而为下一步的改革打下了坚实基础。

根据余江县宅基地改革试点的进度设计，在第二阶段"整村推进"的改革试点结束之后，将立即展开第三阶段的改革推进。前期第一阶段41个自然村以及第二阶段20个行政村的改革所总结成型的政策、制度和改革办法，将在第三阶段改革中全面落地。因此，在余江县改革者的设想和设计中，第三阶段是宅改全面推行的阶段，余江县所有的行政村和自然村，在这一阶段都将进入全面宅改。

第三阶段全面推行的宅改预计将于2016年底基本结束。按照国家2015年2月发布的"三块地"改革时间要求，2017年是改革的收官之年。因此，余江县宅改在2016年基本结束之后，整个2017年将进入宅改的完善提高和扫尾阶段。尤为重要的是，总结各项宅改经验、形成全面系统的宅改报告、评估政策实施效果、对相关法律法规提出修改建议，都将在2017年完成。

第四章

04

理事会　乡贤

2018年2月23日，中共余江县委、余江县人民政府发布表彰决定，对2017年度的先进集体和优秀个人进行表彰。

该年度表彰共有18项。其中潢溪镇渡口村沙塘组、平定乡蓝田村宋家组、杨溪乡江背村水口组、洪湖乡苏家村上胡组等十个理事会，获得了"十佳村民事务理事会"称号。邓埠镇三宋村瓦瑶组倪元军、洪湖乡苏家村中苏组苏河龙、平定乡沙溪村张家组张志辉、杨溪乡杨溪村牌塘组陈金明、平定乡洪桥村鲁王组鲁东海、黄庄乡沙湾村肖家组肖来发等18人，获得"优秀村民事务理事会理事长"称号。鹰潭市东投美亚置业有限公司总经理叶水清、鹰潭市世宏光学有限公司总经理吴四红、新疆鹰潭商会会长祝荣明、江西保太有色金属集团有限公司董事长兼总裁彭保太等8人，获得"最美乡贤"称号。

余江县的宅改中，理事会、乡贤发挥了巨大作用，不仅有力推动了宅改有序进行、持续深化，成为余江县从宅改中获得的一条极其宝贵的实践经验，而且为建立、健全村民自治组织、重建乡村治理秩序，提供了重要的借鉴和参考。

一 村民事务理事会在余江

组建村民事务理事会，并不是余江县的首创。据相关研究，村民事务理事会最早出现于湖北省黄石市。1994年，黄石市阳新县在全县农村推广"村民事务理事会"，旨在协助村"两委"搞好公益建设，宣传计生工作，协助社会治安，积极扶贫帮困。2002年，安徽省望江县也开始了村民事务理事会的实践。

将村民事务理事会推广至全市范围的是江西省赣州市。自2004年始，江西省赣州市在全市新农村建设点建立新农村建设村民事务理事会，一年之间便组建了6800多个，成为实际承担、运作村庄新农村建设的组织载体，创造了"赣州模式"。受赣州启发，2009年始，鹰潭市也开始高位推进村民事务理事会建设，慢慢地，村民事务理事会这种村民自治、乡村治理新模式逐渐辐射到九江、萍乡、上饶、宜春、吉安等地。

余江县组建村民事务理事会，大体也是始自

2009年，目的也是想借助村民事务理事会来推动农村各项改革、新农村建设、维护稳定、村庄卫生整治、抗震救灾等事项。但由于各种原因，彼时余江县的村民事务理事会大都属于"一事一议"，许多村民事务理事会事毕即散，还没有完全形成一种固定的组织形式。

但是，2015年3月在余江开始展开的农村宅基地制度改革试点，却彻底改变了这种现状。正是宅改，让余江县真正认识到了村民事务理事会的巨大作用和价值。也是从那时开始，村民事务理事会在余江开始有意识、有目的、有组织地空前发展起来。

2015年4月8日，余江县的宅改刚刚正式启动，当时还是余江县县长的路文革，带领副县长陈亮泉、国土资源局局长蔡国华以及县宅改办其他成员一行5人，赴江西省国土资源厅参加余江县农村宅基地制度改革试点工作汇报会。

在这次会议上，江西省国土资源厅副厅长邓又林在强调当年余江县宅改的重点工作任务时，明确提出要"完善村民事务理事会制度"。县长路文革在汇报工作时，也着重强调要做好宅改这项改革工作，"一定要发动群众积极参与，充分激发老百姓的改革热情"。

很显然，虽然那时宅基地制度改革在余江刚刚启动，还未真正进入现实操作，但是江西省国土资源厅和余江县的主要领导，却已经意识到了村民事务理事会在宅改中是大可借力的重要抓手。

国土资源部于2015年3月20日印发的《国土资源部关于印发农村土地征收、集体经营性建设用地入市和宅基地制度改革试点实施细则的通知》（国土资发〔2015〕35号）中，也提出了"发挥村民自治组织作用"。

尽管该文件并未明确提及村民事务理事会，但是之于余江县的现实，以及在之前进行的新农村建设中其所发挥的重要作用而言，"村民自治组织"在余江县很显然主要就是指村民事务理事会。

正因此，对于即将在全县启动的宅基地制度改革试点，余江县很自然地就想到了如何发挥好村民事务理事会的作用。事实上，从宅改一开始，余江县就高度重视、充分利用村民事务理事会。

2015年6月24日，余江县发布《关于进一步加强村民事务理事会建设的实施意见》（以下简称《实施意见》），要求"村民事务理事会的组建要在村党支部的领导下进行，统一以自然村为单位，按照突出代表性、注重公认性、保证稳定性的要求，由村民会议或村民代表会议选举或推荐产生"。

该《实施意见》还从组建程序、任职要求、工作职责、民主决策、财务管理、奖惩考核等，对村民事务理事会做出了详细的规定。

在随后发布的宅改统领性文件《江西省余江县农村宅基地制度改革试点实施方案》中，对村民事务理事会及其在宅改中的职责、作用，也进行了浓墨重彩的表述：

"完善村民事务理事会制度。按照代表性、公认性、稳定性的原则，健全集体经济组织，完善工作章程，强化管理职能，充分发挥村民事务理事会在宅基地申请、流转、退出、收益分配等事务民主管理中的作用，保障宅基地管理各项制度得到严格执行。"

上述两个文件，成为村民事务理事会蓬勃发展的坚实基础。而在余江县宅改的各个阶段、各个环节，村民事务理事会不仅是推进、落实宅改的主要力量，也逐渐成为余江乡村治理的重要载体。因此在余江，只要有改革事项要落实推进，启用村民事务理事会就成为标准的工作步骤和重要的、成功的工作经验。

在现实改革需求推动和余江县主动引导、高度重视下，村民事务理事会在余江农村遍地开花。截至2018年10月，余江县1040个自然村中，全部建立了村民事务理事会，一共有8752个理事成员，投身到具体实施宅基地制度改革试点的各项工作中。

二 余江村民事务理事会的模式

　　余江宅基地制度改革试点中，村民事务理事会之所以能够发挥巨大作用，其产生和运行机制是决定性的因素。

　　余江的村民事务理事会有三种模式。

　　一是协调型理事会。在余江农村，自然村有多姓村或单姓村，单姓村之中还会分出不同的房族。姓氏不同，自然就会产生不同的利益诉求。即便是同姓，也会因属于不同房族而出现利益纠纷。这种情况下，理事会之中是否有本姓、本房族利益诉求的代表，就成为理事会能否顺利运行的关键。由此，协调型理事会就应运而生。

　　在协调型理事会中，每个家族都有一名成员在理事会中任职。单姓村按照"一房一理事"的原则产生；多姓村按照"一姓一理事"的原则产生。这样就保证了每个姓、每一房，在理事会中都有为自己权益说话的代表。在宅改剧烈的利益调整中，不同的利益诉求都有能够顺畅发声的渠道，能够充分地表达自己的诉求，对宅改的公平、公正和顺利推进，产生了不可忽视的推动作用。

二是民选型理事会。有的时候，由于村庄矛盾纠纷较多或者冲突尖锐，或者村小组干部工作不得力、公信力不够等原因，为了解决实际问题，会有针对性地对理事会成员进行因需选择、弹性调整。理事会内的成员，由村小组内的村民投票选举产生。理事长则由得票多的人担任。

三是指导型理事会。有的村一时无法产生理事长和理事，这个时候，理事长就由村"两委"干部兼任，理事会成员则由村党支部提名，经公示无异议后，经村民代表会议选举产生，多从村干部、老党员等人员中选举产生。

从余江的情况看，指导型理事会由常任理事会成员、非常任理事会成员及其他成员构成。常任理事会成员中设理事长一人，由村党支部书记担任。其他成员从村干部、村务监督委员会成员、老党员、老干部等人员中选举产生。非常任理事会成员从农民合作社、村民代表、党员代表、"两委"成员以及其他在村内有威望的人员中选举产生。另外，还设立名誉理事长一人，主要由驻村领导担任。

三 村民事务理事会在余江宅改中的作用

　　余江县在宅改中形成并逐渐完善的村民事务理事会，不是一般意义上的理事会，而是在宅改中出现的新生事物，是我国乡村治理秩序重建的一大创新。

　　就对于宅改的推进而言，村民事务理事会是余江宅改的最为主要的基层实施主体。从宅改的宣传发动、调查摸底、制定本村宅改制度的前期准备阶段，宅基地退出、有偿使用费的收取、规划执行的宅改实施阶段，到建房管理、环境整治与综合利用等的宅改后续管理阶段，村民事务理事会全流程参与宅改，发挥着不可替代的重要作用。

　　除了全程参与宅改，村民事务理事会的职责还扩展到了综合治理和公共服务，职责范围逐渐向村委会看齐。

　　正是看到了村民事务理事会在宅改中凸显的重要作用和意义，为了让村民事务理事会能够更好地发挥作用，余江县主动向基层赋权，赋予了理事会

12项权利和15项职责，让其能够全程发挥改革代理者和监督者的作用，也让各乡村能够根据自身情况灵活地推进改革，有效地降低了改革成本。

村民事务理事会对宅基地管理权责对照表

序号	权利	序号	职责
1	对农村集体经济组织成员资格进行初审	1	组织召开村民会议
2	受理村民建房申请	2	配合编制并执行村庄规划
3	制定宅基地分配方案	3	把好宅基地申请资格、规划、面积、退出宅基地、收费、公示关卡
4	制定宅基地增值收益分配方案	4	采取择位竞价方式分配宅基地
5	确定宅基地有偿使用费的起征面积标准	5	现场监督村民建房打桩放线，核实建房朝向、四至、面积
6	对精准扶贫建档立卡对象、五保户的宅基地有偿使用费予以减免	6	实时监管村民建房，及时向乡（镇）人民政府及村委会报告
7	制定宅基地退出办法	7	组织拆除退出宅基地上的建筑物、构筑物，平整土地

（续表）

序号	权利	序号	职责
8	收取宅基地有偿使用费	8	组织理事会成员对须无偿退出而拒不退出的房屋进行拆除
9	对有偿退出宅基地的村民按标准进行补偿	9	对退出宅基地实行宜建则建、宜耕则耕、宜林则林
10	对宅基地流转的条件进行严格把关，收取流转收益	10	加强对土地整治项目的管理及后期管护
11	管理资金、资产、资源	11	组织实施新农村建设、农村基础设施建设及公益事业
12	与村民签订《自愿退出宅基地协议》	12	协调处理矛盾纠纷
		13	配合对村民建房及退出宅基地的验收
		14	遵守村规民约，交纳宅基地有偿使用费
		15	加强宣传，贯彻落实国土资源相关法律、法规及政策

四 乡贤与余江的宅改及乡村治理

按照余江对于乡贤的定义，乡贤是指"有德行、有才华，成长于乡土，奉献于乡里，在乡民邻里间威望高、口碑好的人。主要包括企业主、经商务工人员、知名人物等为家乡做奉献人士"。

因为余江县是眼镜之乡，乡贤中的许多人都从事眼镜产业。在余江，有"一副担子走天下"之说，说的就是当年余江人用一副简陋的担子挑着眼镜零件，在全国走街串巷给人修眼镜、配眼镜。目前，眼镜产业是余江重要的支柱性产业之一，全县从事眼镜产业的有5万多人。据说，全国眼镜店几乎半数是余江人开的。

这些乡贤，大多是少年或者青年时期就离开家乡，去外地谋生、创业。经过多年艰苦的打拼，如今事业有成、生活稳定。他们生于斯长于斯，他们对余江的感情随着年龄增长、事业精进而越来越深。

余江县的宅改以及村民事务理事会的成立、完善，正好为这些心系家乡的乡贤建设家乡、回馈故土，提供了极好的机会和平台。

中童镇坂上潘家村的理事长潘良胜，应该是余江县最有名的乡贤。潘良胜1980年去新疆北屯卖眼镜，是当时第二个到新疆卖眼镜的鹰潭人。从最初摆地摊，到成立新疆北屯市潘氏眼镜行，他走出了一条成功的创业之路。

余江县开始宅改之时，坂上潘家村是第一批试点村。但是由于百年恩怨，村里派系斗争严重，村里的理事会迟迟选不出理事长。最后，经村里老干部提议、村民一致同意邀请潘良胜回村担任理事长，带领大家搞宅改。

潘良胜一开始也感到很为难，但心中奉献乡梓的赤情最终压倒了畏难情绪。就这样，"宁做理事长不当董事长"，潘良胜放下了自己的生意，回村投入到宅改之中。潘良胜一上任便要求全体理事会成员发挥模范带头作用，他又积极引智引资，带头垫资15万元用于家乡建设。无声的行动胜过千言万语，坂上潘家的村民深受感动，积极配合宅改工作，只用了3天时间就将全村48栋危旧房、猪牛栏、露天厕所一扫而光，共计1.4万平方米。

平定乡蓝田宋家村的宋和红，在威海从事眼镜批发。他从小吃百家饭长大，成年后事业有成，念念不忘报恩家乡。蓝田宋家村开始宅改后，宋和红积极参与村里建设，不仅协助村干部制定宅改制度、大力宣传宅改，还捐资96万元建设村文化活动中心和"感恩广场"，美化村容村貌。

　　还有平定乡店上洪家村的洪孟堂，是该村民事务理事会的副理事长，他在山西省做眼镜生意，为了宅改两地奔波。每遇村内大事就驱车赶回参加，个人承担路费。他说既然加入了村民事务理事会，就得有所担当。在他们的共同努力下，店上洪家村宅改推进非常顺利，被评为宅改示范村。

　　通过以上这几个乡贤参与家乡改革与建设的例子可以看出，在牵线搭桥、沟通在外乡贤与家乡的联络和感情，以及提供参与平台等方面，村民事务理事会发挥了重要的作用。余江县积极发展乡贤加入村民事务理事会，并让其担任理事长、副理事长、理事，一方面可以增强乡贤的集体观念，保持乡贤与村"两委"、村小组之间的联系，提高了乡贤为家乡谋福利的责任感和使命感；另一方面，也使得乡贤能够切实参与到村内事务的治理中来。而同时，乡贤的加入，又给农村基层治理提供了人才资源。乡贤在外闯荡多年，他们的见识、眼界、头脑，使得他们能够更深刻地理解改革政策，更超前地看到改革给村庄带来的机会和前景，从而以他们的思想和实际行动影响并带领村民，一起投身到村庄治理和改革中来。

　　对于乡贤在宅改和乡村建设中发挥的巨大作用，余江县不仅很早就敏锐地觉察到了，并且立即行动起来，因势利导，以各种方式邀请乡贤共商大计、共谋发展、共创辉煌，充分发挥乡贤对家乡各项事业发展的促进作用。

2017年正月初七，余江县委、县政府隆重召开"喜迎新春、共谋发展"全县乡贤大会，利用春节期间大家回乡探亲、祭祖之机，邀请在外地以及余江本地的政界、商界、学术界等社会各界乡贤共聚一堂，向大家介绍余江县农村土地制度改革三项试点的进展及取得的成绩，征求乡贤对于家乡建设的意见，同时组织大家参观宅改先进试点村，让乡贤实地亲眼看到家乡发生的可喜变化，激发广大乡贤热爱家乡、建设家乡的积极性。

为了使乡贤参与家乡建设系统化、组织化，余江县在2017年1月专门发出工作通知，要求各乡镇党委和政府，采取多种形式和有效措施，发动和争取各界乡贤回报社会、造福家乡，支持参与农村土地制度改革三项试点、返乡置业创业、"一改促六化"等有关工作。

这份通知并不是泛泛而谈，仅仅做出高姿态，而是如同搞宅改一样，详细列明了目标任务、工作安排以及工作要求。通知要求各乡镇在对本乡的乡贤进行详细摸底的基础上，通过乡贤团拜会、座谈会、茶话会、联谊会、餐叙会、恳谈会、发展论坛等多种形式，通报余江县农村宅基地制度改革试点工作措施和成效，宣讲农村集体经营性建设用地入市的政策制度以及"一改促六化"的措施和愿景等，大力宣传农村土地制度改革三项试点政策措施，邀请已经投身家乡改革事业的乡贤现身说法，鼓励乡贤为家乡改革发展建言献策，发动乡贤出智、出资、出力。

同时在工作机制上，着重要求各乡镇搭建好乡贤对接家乡的服务平台，以"乡贤名人汇"等形式，建立起乡贤参事机制、对话机制、回馈机制、服务机制，做好乡贤回馈家乡有关事务的协调对接工作，服务乡贤创新发展，为乡贤反哺家乡、服务家乡、建设家乡营造良好的环境，提供优质服务。

在余江县各级党委、政府的重视和细致安排下，与乡贤的沟通、联系机制迅速建立起来。县委、县政府层面，从2017年春节开始，与乡贤定期召开茶话会、联谊会以及评选每年度的"十佳乡贤"，大力宣传展示乡贤的感人事迹和事业发展成就，成为固定、常规的工作内容。在村组层面，则普遍地建立乡贤信息库、微信群，搭建起感情联络的平台。

余江县对乡贤的热情服务以及热切期待乡贤参与家乡建设的真诚，在外打拼的广大余江乡贤自然看在眼里、感动在心里。

广州粤成投资控股有限公司董事长洪仕斌也是一位乡贤。2017年4月，洪仕斌携公司CEO叶盛、公司战略合作股东袁伟峰一行来到余江县考察投资环境。他们惊讶地发现，余江县的接待流程新颖而独特。与他们对接的领导，并没有滔滔不绝地介绍当地代表性产业和投资环境，而是领着他们来到余江县平定乡的蓝田宋家村与店上洪家村，请他们参观、感受新农村建设带来的变化。

他们看到了蓝田宋家村的感恩广场，看到了店上洪家村的崇文图书馆。洪仕斌无论如何都没有想到，以往记忆中破败、凋敝的故乡，通过宅改和新农村建设，居然变成了"望得见山、看得见水、记得住乡愁"的美丽新农村，心中不禁感慨万千。

他们认为，能把农村事做好的地方，一定是值得落户投资之处；能把农村事做好的政府，一定是值得信赖的政府。参观的当天，广州粤成投资控股有限公司就与当地政府达成落户投资协议，并且第二天便注册成立公司正式落户余江。

潢溪镇的一名乡贤，在参加了镇里专门组织的乡贤人士座谈会，商讨宅改后如何建设家乡的情况后，当场表示凭借自己多年的设计经验，无偿为家乡进行规划建设。

通过当地政府有意识的引导以及典型乡贤的带动，"自己的家乡自己来建设"，成为余江乡贤发自内心的愿望。余江乡贤回乡创业、反哺家乡很快蔚然成风。很多余江乡贤都认为，自己来推动家乡建设，会比外来投资者更具备"三有"精神——有根、有情、有责任；也会比长期在家乡的父老乡亲更具备"三有"能量——有视野、有格局、有资源。

的确，乡贤回乡全力支持宅基地改革和家乡建设，不仅带来了新理念和资金支持，还带来了文明、互助、奉献和致富不忘众乡亲的清风正气。

实际上，乡贤在余江的作用已经远远超越了单纯的宅改领域，而是深入到乡村治理、乡村建设与发展的层面。

乡贤吴四红是平定乡东脑村人，鹰潭市世宏光学有限公司总经理，之前在浙江温州从事眼镜行业，后回乡创业，为当地解决了100余人的就业问题。更有意义的是他把扶贫车间开到了田间地头，开到了贫困户家门口，采取组织贫困户技术培训和代加工生产眼镜的扶贫模式，让30多名贫困、残疾人员有了固定收入，熟练工每日工资能够拿到100元以上。

乡贤彭保太是潢溪镇人，他的集团公司年产值20亿元，纳税2亿多元，解决就业600余人，安置下岗人员300余人，残疾人员100余人。

中童镇乡贤童晖是广州一家公司的董事长，他将广东省各大医院的21位知名医学专家引回家乡余江，在县中医院开展大型义诊，送医疗、送技术、送服务，缓解贫困群众看大病难、看疑病更难的现实问题。活动惠及对象超过1000人次，其中建档立卡贫困户200余人。

余江乡贤用他们丰富的学识专长、丰厚的创业经验、浓厚的乡愁情怀，垂范乡里、滋润乡风、引领价值，在余江县三项改革试点中，成为余江县乡村振兴的带头人和指路明灯。余江县委、县政府，也抓住机遇，适时展开"乡贤计划"，努力推动余江万名乡贤回家看看，共商改革大计。

根据余江县的统计，截至2018年6月，余江县各界乡贤赞助家乡的款项达5500万元，为家乡建设和乡村振兴，注入了一股强大的改革"正能量"。

第五章

"一改促六化"

一 "一改促六化"的余江样板

一份省政协常委的提案

2016年1月24日上午，中国人民政治协商会议江西省第十一届委员会第四次会议在南昌隆重开幕。江西省的政协委员们聚集一堂，履行政治协商、民主监督、参政议政职能，为江西省实现"提前翻番、同步小康"积极建言献策。

在当天的开幕大会上，江西省政协常委梁安琪向大会提交了一份名为《通过政策创新，让农民群众有更多的获得感》的提案，并由本次大会的特邀（澳门地区）界别召集人陈季敏代表梁安琪在开幕大会上做了主题发言。

梁安琪常委的这份提案一经提出，就在大会上引起了巨大反响。该提案不回避问题、切中工作中的弊病，清醒、尖锐地指出了许多地方在新农村建设中存在的"有新房没新貌"的问题，说出了很多人想说而不敢说的话。

对于梁安琪常委的这份提案，江西省领导给予了高度重视。江西省省长鹿心社在提案上做出批示："如何解决农村'有新房没新貌'的问题要高度重视，能否借鉴内蒙古自治区'十个全覆盖'的做法，在新农村建设的基础上（已做工作），'十三五'期间有计划地扫一遍，根本改变农村面貌。"

江西省常务副省长毛伟明也就此提案先后做出两次批示，并明确指出余江县要在宅改工作中，对内蒙古的相关做法进行借鉴——"请国土资源厅在指导余江县全国宅基地制度改革试点工作中加以吸纳，总结经验，并逐步推开。""充分利用余江县进行全国宅改试点的平台，先行实施符合我省现阶段发展实际的农村改革、改造方案，以通过宅改带动相关基础设施、公共服务的建设，并在取得经验的基础上，逐步推开。另需要省内相关部门支持的事项，可先进行沟通衔接，为开领导小组会议做好准备"。

鹿心社省长在批示中提到的内蒙古的"十个全覆盖"，是2014年1月13日内蒙古在自治区农牧区工作会议上首次提出的。目的是按照"生产发展、生活宽裕、乡风文明、村容整洁、管理民主"的要求，扎实推进新农村新牧区建设。计划利用2014—2016年三年时间实施农村牧区"十个全覆盖"工程，以显著提高公共服务水平。"十个全覆盖"工程的具体内容是：一、农牧区危房改造工程；二、安全饮水工程；三、街巷硬化工程；四、电力村村通和农网改造工程；五、村村通广播电视和通信工程；六、校舍建设及安全改造工程；七、标准化卫生室建设工程；八、文化室建设工程；九、便民连锁超市工程；十、农村牧区常住人口养老医疗低保等社会保障工程。

"十个全覆盖"以提高公共服务水准为抓手、以共享发展为目标指向和价值取向，其内容涉及了农村群众生活的各个方面，一定程度上可以看作是一份较为详尽的农村建设任务清单。

省政府领导的批示立即传达到了余江县。其时，余江县已经启动了第二阶段的宅改，正在全力展开宅改"整村推进"及"美丽乡村综合改革示范建设"。对于省长和常务副省长的批示，余江县自然极为重视，县委、县政府立即组织班子成员和相关部门进行学习，结果他们惊喜地发现，内蒙古的"十个全覆盖"工程，与余江县正在推进的宅改及"美丽乡村综合改革示范建设"，很多内容居然不谋而合，有的甚至可以无缝对接。

"六化同步"打造美丽乡村余江样板

余江县宅改的第二阶段"整村推进"阶段，是围绕宅基地改革试点做外延拓展，将农村其他各项工作与宅改相结合，因此，此一阶段余江县的宅改，实际已经升级成为"美丽乡村综合改革示范建设"。其主要改革内容就是

"1+N"。也就是《关于开展美丽乡村综合改革示范点建设实施方案》中所表述的："以宅基地改革试点为统领，扎实推进农民住房财产权抵押贷款试点、农村集体资产股份权能改革试点、创建生态文明示范村、新农村建设、农村生活垃圾专项治理、农村淘宝、精准扶贫、把纪律和规矩挺在前面等N项改革和重点工作，实现相互融合，共推发展，促进农村经济社会全面协调可持续发展"。

国家进行的"三块地"改革试点中，余江县只是承担了宅基地制度改革试点。因此在一开始设计改革方案和推进路径的时候，余江县的关注点，自然只是聚焦在宅改上面。可是在宅改的第一阶段41个自然村的试点过程中，余江县的改革者就深切感受到，在农村的各项工作中，宅基地改革真是一项庞大、复杂的系统工程。一旦进行宅改，从小的方面说，要涉及垃圾清运、村庄美化，从大的角度，则要涉及村庄规划、管网改造、土地治理、户有所居……可谓牵一发而动全身，任何一项工作的推动都必须通盘考虑、相互协调配合，根本无法做到单兵突进。可以说，这种感受也是通过第一阶段41个自然村的试点宅改所收获的深刻的经验教训。

因此，在宅改的第二阶段20个行政村的"整村推进"阶段，余江县很快就调整了单纯为了宅改而宅改的做法。余江县委书记张子建敏锐地意识到，需要加强改革的协调性、耦合性，提高改革的系统性和完整性，从而形成工作合力。

通俗来讲，既然宅改必然要拆掉多宅部分以及废弃的空心房和杂乱的猪牛栏，何不就此与农村垃圾治理工作结合起来一起推进？既然宅改必然会腾出许多空地，何不借此重新制定或修订村庄规划，将村庄的环境美化、路面硬化及道路亮化等工作融入进宅改？既然宅改需要强有力的基层组织去推动，何不通过宅改建立并完善村民事务理事会以及村委会等基层组织，考验锻炼干部、强化党建……

正是出于这样的考虑，余江县在"整村推进"阶段的宅改，才以宅改为统领、为主线，融入了其他多项农村工作，丰富了改革内涵和改革实践，将"整村推进"升级成为"美丽乡村综合改革示范建设"。而实践也证明，这种综合性、协同推进的做法，往往也会事半功倍，能够在多方面改变村风村貌，让群众看到更多的改革成果，收获更多的满足感。

有了前期鲜活的实践感受，对于内蒙古的"十个全覆盖"工程，余江县改革者马上产生了共鸣。余江县立即行动，派出考察组奔赴内蒙古进行专题考察调研。

考察组由余江县国土资源局局长蔡国华带队，主要针对"十个全覆盖"的具体做法展开考察学习。经过实地调研，考察组认为，内蒙古的"十个全覆盖"优点是目标明确、分类细致，缺点则是有些琐碎，综合性不够。

午看似乎很全面，但总感觉缺乏主线，缺乏提纲挈领的统领。

他们将"十个全覆盖"逐条与余江县正在开展的各项工作一一对照，最后得出结论，余江县的新农村建设、宅基地制度改革试点，以及"美丽乡村综合改革示范建设"，与内蒙古的"十个全覆盖"很多都存在内容上的重合。具体工作分类上尽管没有内蒙古分得那么细，实际工作中却多有涉及。例如道路硬化、危房改造、村风村貌治理等，余江在新农村建设和美丽乡村综合改革示范建设中，其实都已经有所涉及。当然，考察组也仔细分析了余江的改革方案存在的问题，尤其是对于"美丽乡村综合改革示范建设"，考察组感到，虽然"1+N"这样的说法很形象，对于具体工作和宣传的开展也容易抓住重点，但那个"N"仍然给人有些不系统的感觉。

从内蒙古考察回来后，蔡国华和考察组将调研学习的情况向县委、县政府做了汇报。大家感到，内蒙古"十个全覆盖"这样的提法以及具体的工作做法，余江县在今后的宅改和其他各项工作中的确需要借鉴、容纳。但余江也有余江的工作重点，这个重点就是宅改。宅改既是余江当前需要重点推进的工作重点，也是其他工作的统领。这个工作大方向和战略格局是不能变的。余江县当前改革方案所要改进的，是设计出一个目标明确，且分类清晰的大方向的工作框架，不仅将各类工作容纳进去，而且要简单明了，让人一看就懂，就能抓住工作重心。

针对这样的要求，蔡国华和余江县宅改办的同事反复思考，他们先将目前各项改革工作进行了条分缕析、归纳分类。经过仔细盘点，他们认为当前涉及农村的工作基本上可以分为这样几大块：一是大力发展现代农业；二是农村基础设施改造；三是农村公共服务；四是村庄面貌整治；五是农村人口向市民转化；六是健全并完善农村治理。这些工作，在推进宅改中会全部涉及，实际上，余江"整村推进"阶段的宅改以及"美丽乡村综合改革示范建设"，也把这些工作纳入了。现在余江面临的挑战是，如何把这些工作进行系统化总结提升，以形成宏观的政策和工作框架。

这是艰巨、艰苦的脑力劳动，不仅考验一个人的文字驾驭能力，更考验对于政策的认识和理解。经过几天的绞尽脑汁，最后还是蔡国华眼前一亮，他好似茅塞顿开一般想到了一个词——"六化"。

蔡国华在这一灵光乍现中，发现他和同事们归纳分类出的六大类农村重点工作，可以用"六化"一一相对：发展现代农业，可以称之为农业发展现代化；农村基础设施改造，可以称之为基础设施标准化；农村公共服务，可以称之为公共服务均等化；村庄面貌整治，可以称之为村庄面貌靓丽化；农村人口向市民转化，可以称之为转移人口市民化；健全并完善农村治理，可以称之为农村治理规范化。

这"六化"一词，简单明了、朗朗上口，既是对相关工作的高度概括，又在政策高度上进行了显著提升，而且还易于传播。

蔡国华等人马上把"六化"向县委书记张子建做了汇报，张子建书记对"六化"这种提法也非常满意。而且，他还向蔡国华和宅改办的同志提供了一个非常重要的思路，大大开阔了余江县制定下一步改革方案的视野。事后余江县的改革实践证明，张子建书记提供的这个重要思路，让余江县以宅改为统领的农村各项改革，站上了政策的制高点，拓展了改革的空间。

张子建书记的思路，是源于习近平总书记在2016年春节前夕对江西省的视察。在这次视察中，习近平总书记提出了"打造美丽中国'江西样板'"的生态文明建设更高要求。张子建书记认为，虽然余江县没有像习近平总书记那样站在如此高度看待自己正在推进的各项改革，但改革的精神、想法以及许多具体做法上，是和习近平总书记的指示精神高度契合的。习近平总书记的指示，客观上为余江县推进的"美丽乡村综合改革示范建设"提升了高度、指明了方向。

张子建书记立即让蔡国华和宅改办按照习近平总书记"打造美丽中国'江西样板'"的指示精神，以"六化"为发力点，拟定余江县下一步的改革方案。思路和视野得到极大拓展的蔡国华立即行动，他和宅改办的同事加班加点，很快，一个全新的改革实施方案就制定完毕。

"一改"促"六化"：毛伟明常务副省长的点睛之笔

春节刚过，一份名为《"六化同步"打造美丽乡村余江样板实施方案》的文件，由宅改办提交给了余江县委、县政府。由于前期准备充分、改革思路清晰，这份实施方案完全体现了余江县下一步的改革思路，没有多少波折，县委、县政府就审议通过，并上报给鹰潭市和江西省宅改领导小组。

江西省宅基地制度改革试点领导小组的组长是江西省委常委、常务副省长毛伟明。对于余江县代表江西省承担的国家宅基地制度改革试点，毛伟明副省长高度重视，寄予了厚望。从余江县宅改一开始，他就密切关注，不仅时刻掌握余江县的改革进程，而且数次到余江考察指导宅改工作。

对余江县刚刚拟定完毕的这份《"六化同步"打造美丽乡村余江样板实施方案》，毛伟明自然非常重视。他不仅仔细审阅了方案，还对方案进行了一处改动。但就是这一处改动，不仅对方案进行了提升，还将改革的中心工作以及与其他各项工作协调、互动的逻辑关系，鲜明地体现了出来。

据余江县宅改办的同志回忆，看了方案后，毛伟明副省长认为还是要突出宅改的地位，因为宅改是所有工作的总统领。他建议将方案中"六化同步"这一表述，改为"一改促六化"。

所谓"一改"，自然指的是宅基地制度改革。毛伟明副省长认为，"一改"是"六化"的前提和基础，"六化"则是"一改"的方向和路径，它们是一个互为关联、相互促进的统一整体。而且从朗朗上口、易于记诵的角度，"一改促六化"也节奏鲜明、便于理解。

毛伟明副省长的这一改动，让余江县改革者惊讶、叹服、振奋。毫无疑问，这一改动堪称点睛之笔，一方面极为传神地体现了余江县即将展开的后续改革的脉络，对准确理解下一步改革进行了最有力宣讲；另一方面，也从政策站位的高度，对改革的意义、对余江县正在推进的改革进行了重大提升。

从余江县的改革历程看，经过第一阶段41个自然村的"先行先试"，第二阶段20个行政村的"整村推进"，在不到一年的时间里，余江县的宅基地制度改革试点，无论是改革的概念、外延还是实践中改革的内涵，都在一定程度上超越了单纯的宅基地制度改革范畴，发展到了以宅改为精神内核和主线统领、其他工作协调推进的农村社会综合改革、建设的层面。可以说，改革实践进展到这一步，已经出现了对改革进行理论提升和战略深化的现实需求。唯有及时总结经验，清醒理解和认识当前所处的改革态势，才能真正理清改革思路，真正找准改革的发力点和主攻方向。

余江县在宅改的前两个阶段很快就提出了"美丽乡村综合改革示范建设"，以及在谋划第三阶段改革时提出"六化同步"的改革设想，很大程度上反映出了余江县改革者敏锐的战略洞察力和极高的改革理论素养。但是，正如同"只在此山中，云深不知处"，距离靠得近，"现场感"虽然真切、鲜明，却也容易陷入过于具体而微的藩篱和窠臼，对于"大势"和形势的认识把握，难免因跳不出来而无法登高望远。以回顾的视角对余江县当时的改革态势进行审视，"六化同步"建设美丽乡村设想的提出，其实已经极大逼近了改革的本质，"最后一层窗户纸"眼看就要被捅破却迟迟未被捅破。

正是在这个意义上，毛伟明副省长修改提出的"一改促六化"，才让人有茅塞顿开、豁然开朗的振奋。提起当时的情形，余江县委书记张子建无限感慨，他认为，虽然看似只是语言表述和提法上的微小调整，但对实际工作而言，却是对整个改革逻辑的清晰化。从宅改层面看，通过宅改工作，激发了人们对美好生活的期盼，催生了强大的内生动力。宅改强化了基层组织保障，盘活了存量土地，促进了资源整合，优化了体制机制，为"六化"工作提供了先决条件。从"六化"层面看，"六化"赋予宅改工作更多的内涵、提出了新的更高要求，是将"一改"释放最大综合效益的重要引擎。只有"一改促六化"才能综合施策，多点发力，提升余江县农村改革的整体性和协同性，将余江县的改革试点带到一个全新的高度。

"三层次、三步走、三阶段"

2016年3月29日，《深入推进"一改促六化"全面建设美丽乡村实施方案》，由余江县委、县政府正式发布。该方案在此前"六化同步"方案基础上进行了修订、丰富与提升，成为余江县在宅改第三阶段，也即宅改全面铺开阶段的战略指导文件。

在改革指导思想上，该方案明确"以宅基地制度改革试点为统领，以新农村建设为抓手，以打造全省最干净城乡为突破口，围绕农业发展现代化、基础设施标准化、公共服务均等化、村庄面貌靓丽化、转移人口市民化、农村治理规范化'六化'建设，科学统筹推进农业生产、农村生态和农民生活融合发展，着力改善农村发展条件，提高农村发展质量，促进基础设施建设向农村延伸、公共服务向农村覆盖、城市文明向农村辐射，实现农业生产发展、农村生态优良、农民生活富裕"。

在工作思路上，该方案总结、吸收宅改前两个阶段的探索实践经验，设计了"三层次、三步走、三阶段"逐步推进的工作框架。

所谓"三层次"，是将"一改促六化"阶段的改革，按照改革的层级分为"全县统一规划设计""一般村点标准建设""整合项目六化提升"三个层次，逐层推进。

所谓"三步走"则是，第一步，国道、省道沿线重点打造。具体做法是选取余江县境内的国道320线、国道206线、省道207线沿线的19个示范村进行示范打造。第二步，宅改"整村推进"阶段的25个行政村进行全面提升。第三步，全县铺开。

所谓"三阶段"，则依然延续了前期改革试点阶段的成功经验，将"一改促六化"阶段的改革进程分成了三个阶段，顺序推进：

一是前期准备阶段，时间设定为2016年3月—2016年4月。在这一阶段，要根据农村不同现状和未来发展方向，逐村逐户开展调查摸底，把各实施村的人口、户籍户数、宅基地情况、村内道路、沟渠整治、活动场所等基本情况统计造册并归档。同时制定实施方案，选取示范建设村、加强领导、健全机构、细化任务、广泛宣传，为下一步的组织实施做好准备工作。

二是组织实施阶段，时间设定为2016年4月—2017年10月。这一阶段是改革的全面推进阶段，主要任务有：一、在调查摸底的基础上，各牵头单位、各乡（镇、场）

建立完善的政策体系，结合宅改在示范村先行先试，开展倒塌、废弃房屋和附属设施的拆除，配套推进其他各项工作。二、加强调度和督查，帮助协调解决实际困难和问题。三、召开现场会、推进会，学习交流，共同提高。四、大力宣传各类先进典型，及时总结做法经验，确保工作任务按时有序推进。五、制定工程后续管理办法，建立日常管理机制，巩固建设成果。

三是验收总结阶段，时间设定为2017年11月。按照国家的时间规划，2017年底"三块地"改革将全面收官。在余江县宅基地制度改革试点的时间表上，2017年底的几个月也将是宅改的全面总结阶段。因此本阶段的主要任务是：对各实施村项目完成情况、工程质量情况、资金管理情况、档案收集等进行全面检查验收和目标考核；对检查中存在的问题进行整改完善，总结提炼，形成可复制、能推广的实践经验。

"三层次、三步走、三阶段"逐步推进的工作框架，典型地体现出"点、线、面"分步推进的清晰改革思路，展现了余江县改革者的宏观视野和超强的工作把控能力。

在出台"一改促六化"全面建设美丽乡村实施方案的同时，余江县还同步出台了"六化"的各分类实施方案，分别是：《关于推进农业发展现代化实施方案》《关于推进基础设施标准化实施方案》《关于推进公共服务均等化实施方案》《关于推进村庄面貌靓丽化实施方案》《关于推进转移人口市民化实施方案》《关于推进农村治理规范化实施方案》。

这六个实施方案除按照"一改促六化"总体方案的要求和时间安排，相应设定了"六化"各自的时间进度和推进步骤外，还具体拟定了各自的任务清单、责任清单以及详细的工作流程图，从而使得"六化"具体的实施单位，能够明确自己所负责领域的任务、明确自己承担的责任、明确自己领域的工作流程和工作目标。

例如，以下即是《关于推进基础设施标准化的实施方案》所列出的任务清单、责任清单以及工作流程图，从中可以清楚地知晓基础设施标准化的内容、负责实施的单位，以及如何推进相关工作。可以说，即便不看实施方案原文，仅依靠这两份清单一个工作流程图，就能够明确知晓自己的工作任务。

宅改：两个50%全覆盖，做景观不做盆景

《深入推进"一改促六化"全面建设美丽乡村实施方案》，对"六化"如何推进做了详细的部署，但是对于作为"六化"的统领和主线的"一改"，虽然实施方案中也多有涉及，却并未专门辟出章节浓墨重彩地展开论述。这让人多少有些纳闷。

这当然绝不是表明余江县的改革重点出现了偏离，在

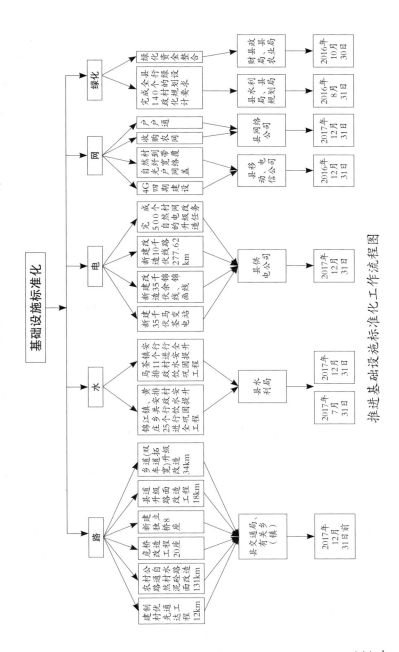

推进基础设施标准化工作流程图

这一阶段的改革中，宅改依然是、也必然是所有改革的中心工作，否则就不会有"一改促六化"这样的提法。实施方案中没有过多提及宅改工作安排，是因为宅改已经全面融入了"六化"的实施当中。

不过，从具体工作角度来看，余江县宅改办的工作计划表与"六化"的推进步骤一样，宅改也必然有自己的推进时间安排。

根据余江县的统计，改革开始之时，全县有4个乡、7个镇和7个农垦场，共116个行政村、1040个自然村。经过第一、第二阶段的推进，到2016年4月"一改促六化"正式推开之际，宅改已经覆盖到了余江县的45%的行政村、20%的自然村（172个自然村）。因此，从2016年4月开始直至2017年底的"一改促六化"全过程，余江县的宅改任务就是将宅改在全县铺开，按时完成国家交给的宅基地制度改革试点任务。

余江县宅改办是这样安排改革进度的：2016年4月—12月，除去已经"整村推进"的20个行政村，在剩余96个行政村中，选择50%的自然村（约483个自然村），作为第三批宅改对象。这一批次宅改完成后，余江县的宅改将覆盖100%的行政村、67%的自然村。从2016年12月开始，剩余的另外50%的自然村，作为第四批进行宅改。第四批宅改完成之后，将实现自然村100%全覆盖。届时，余江县的宅改将做到真正意义上的全县覆盖。

　　规划安排可谓清晰，说起来比较简单，可真正推行起来，却头绪繁多、规模浩大。余江县的宅改涉及30多万农村人口的切身利益，在任何时代，涉及如此之大的人口规模，都将冒着巨大的风险。

　　对于这样的风险，余江县的改革者自然心知肚明。当初接受国家交予的改革任务时，他们也并没有为能够获得这样的荣誉而沾沾自喜。实际上，只要是正常的人，畏难情绪总是难免。

　　余江县委书记路文革①回忆起改革之初的情形就直言不讳：对于承担国家宅基地制度改革试点，余江县既感到光荣，也感到非常困难。坦率地说，当初意见并不统一，不同意见也很强烈。比如宅改第一阶段，选择41个自然村"先行先试"，许多人心里就不踏实，感觉试点村是不是选得太多了。他们认为，国家交给余江的任务是搞改革试点，既然是试点，选几个点搞一搞不就行了吗？一上来就选41个自然村，牵涉那么多人，而县里无论在人员方面还是资金投入都极为有限。任务重、人员紧，宅改又是如此敏感的事，搞不好会出大问题。

　　而路文革认为，这些同志的看法虽然消极，但说的也确是实情。此前余江县外出考察时也发现过这样的情况：

---

　　① 2016年8月3日，经江西省委、鹰潭市委决定，路文革同志任中共余江县委书记，张子建同志任鹰潭市人民政府副市长。

有的试点地区的确是在试"点"，仅仅选择少数几个点做尝试。在这几个"点"上，地方投入的资金、政策和人员都非常充足，往往很短时间内就见到了成效。

可是，许多试点到这一步也就基本结束、停滞不前了。

"那几个点倒是建得很漂亮，就像一个盆景一样，美轮美奂。上级来视察调研或者外地来学习取经，就领到那几个点上看一看转一转。但是，这种盆景化的试'点'是改革试点的本意吗？它真的能收到试点的效果吗？我们投入了那么大的人力、物力、精力，说了那么多豪言壮语，难道就是为了造几个盆景让领导、让群众看一看？"

说起外出考察学习时看到了许多盆景式的试点，路文革的情绪不自觉就激动起来。他指出，不管别人怎么做，但是余江县搞改革试点，决不会搞这种盆景式的改革。接受宅改任务之时，虽然有不同意见，虽然也有不少畏难情绪，但余江县委、县政府经过慎重研究、分析形势，很快就在思想认识上达成一致、取得共识：余江的改革不做盆景，而是要做"景观"。

路文革表示，改革不是做出几个点来供人把玩，而是要让改革成果惠及千百万人民群众。余江县的宅改当然也要打造"点"，目的是从这些"点"的实践中积累经验、探索改革方法，以为后续改革提供借鉴。所以，余江县改革试点的最终目的是"聚点成线""连线成面"，按照

"点、线、面"的推进步骤，将众多的盆景聚拢起来，形成大面积的"景观"。

路文革强调，余江县在宅改中采取的由易到难、逐渐铺开的做法，就是要把余江宅改做成"景观"，让宅改切实推动余江农村的腾飞。舍此目的，余江的宅改将失去意义。唯有做成"景观"，改革试点才能算是成功了。

路文革书记将改革试点做成"景观"的认识，鲜明地体现在余江县每一阶段的宅改实践中。经过41个自然村、20个行政村"点""线"上的探索推进，"一改促六化"的正式展开，标志着余江宅改开始向"面"扩展。通过第三批、第四批的推进，最终在余江县实现宅改的"全覆盖"。

而作为余江县县长的苏建军①却经常深入乡村调研指导宅改工作，马不停蹄地进行宅改督查工作。

余江宅基地制度改革试点，进入了全力攻坚阶段。

"一改促六化"余江样板

2016年4月21日，就在余江县启动"一改促六化"之际，由江西省宅改工作领导小组组织的"建设美丽乡村、

① 2016年10月26日，余江县第十六届人民代表大会第一次会议召开，苏建军当选为余江县人民政府县长。

打造'一改促六化'余江样板"现场推进会在余江县召开。江西省宅改工作领导小组组长、江西省委常委、常务副省长毛伟明，带领30多位省厅相关部门领导参加了会议。

在余江县宅改历程中，这次现场推进会是一次颇为重要的会议。

从余江县的层面，"一改促六化"改革的涉及面远比单纯的宅改要大许多，宅改、新农村建设、农村基础设施建设、电网升级改造等涉及"六化"的相关领域，都面临着极大的资金压力。余江县迫切需要上级部门的支持，以使"一改促六化"获得强大动力，得以顺利推进。

而从江西省的层面，"建设美丽乡村、打造'一改促六化'余江样板"，实际上成为全力打造美丽中国"江西样板"的具体行动。

江西省宅改工作领导小组组长、江西省委常委、常务副省长毛伟明在推进会上做了重要讲话，他指出，"建设美丽乡村、打造'一改促六化'余江样板"是省委、省政府交办的一项重要工作，是贯彻落实习近平总书记重要讲话精神，全力打造美丽中国"江西样板"的具体行动。要把"一改促六化"工作融入到打造美丽中国"江西样板"的各方面和全过程，全面改善城乡环境面貌，推动城乡绿色发展，努力走出一条具有江西特色的改革发展新路子，为美丽中国建设做出更大贡献。

毛伟明还强调，余江县代表江西省参加全国的宅改试点县，余江的探索很有价值，余江的成绩来之不易。为此，省直有关部门和鹰潭市委、市政府要始终站在全省的高度鼎力支持余江样板建设，决不能认为打造余江样板只是余江县的工作。思想上要高度重视，行动上要大力支持。在政策上要予以倾斜，在资金上要予以扶助，在项目上要予以照顾。尤其要在余江实现新农村建设点全覆盖、结合宅改试点先行实施基本公共服务工程上予以全力支持。

针对余江在改革中遇到的现实困难，毛伟明副省长还就具体的项目，对各部门提出了明确要求：省发改委要对余江县申报移民搬迁、农村产业融合发展、农产品批发市场、江河治理等专项建设基金项目予以关心支持；省财政厅要适当增加余江县一事一议财政奖补资金；省国土资源厅要在从新增建设用地有偿使用费省级分成资金中拨付余江县一定的农村宅基地制度改革试点工作扶持资金；省交通运输厅要对余江县村内道路硬化给予项目支持；省人社厅要在县、乡、村三级平台建设资金方面予以倾斜，等等。其他相关部门也要加大支持力度。鹰潭市委、市政府要加大对余江县"一改促六化"工作的帮扶力度，通过专题研究，统筹协调，组织指导帮助余江县全力做好"建设美丽乡村、打造'一改促六化'余江样板"工作。

此次"建设美丽乡村、打造'一改促六化'余江样板"现场推进会虽然仅为期一天，但是却在很多极为现实、具体的方面，为余江的改革注入了动力。现场推进会的显著成果之一，就是余江县与省直相关单位以及鹰潭市的对口单位，建立了固定、有效的联系，在政策、资金等各方面，得到了上级单位的强有力支持。一定意义上，这次会议标志着余江的改革试点正式超出了余江县范畴，上升成为鹰潭市、江西省的改革推进。

现场会之后，4月24日，江西省委书记强卫到余江县调研指导"一改促六化"工作，对宅改试点所取得的阶段性成果给予了充分肯定。5月17日，省长鹿心社也深入余江县调研指导，对余江县扎实推进了农村宅基地制度改革试点工作，取得了初步成效，改善了村容村貌，让农民实实在在享受了改革发展成果，给予了充分肯定。

此次现场推进会，为余江县营造了上下联动、勠力同心的改革氛围和改革环境，余江的"一改促六化"迎来了广阔的改革空间和发展良机。

"一改促六化"全面铺开

2016年4月21日现场推进会甫一结束，余江县"一改促六化"美丽乡村建设就立即全面展开。

为了使"一改促六化"顺利进行，余江县首先成立了"一改促六化"工作领导小组。这一做法，仍然是延续了此前宅改推进中"高位推动"的成功经验。"一改促六化"工作领导小组组长由县委书记张子建担任；县委副书记、县长路文革担任第一副组长；县委副书记金建华担任常务副组长。县里分管其他工作的几位副县长、宣传部部长、政法委书记、统战部部长、纪委书记、组织部部长则分别担任副组长。

领导小组下设一个办公室和七个工作小组。七个工作小组由宅基地制度改革试点工作小组以及"六化"各个分类小组组成；领导小组办公室则与此前就已成立的县宅改办合署办公。

从这个领导小组组成人员以及七个工作小组架构上，很明显可以看出宅改在整个"一改促六化"

工作中的核心地位。由于此一阶段是宅改全面铺开的阶段，在宅改具体的推进措施上，余江县比前两个阶段考虑得更加周密、工作做得更加细致。

按照之前设定的两个50%全覆盖工作预案（第三批宅改覆盖116个行政村50%自然村、第四批宅改覆盖其余剩下的50%自然村），2016年6月29日，余江县发布了《关于全面深入推进农村宅基地制度改革试点工作实施细则》。实施细则明确要求，从2016年7月至2017年4月，宅改工作在全县剩余的116个行政村全面开展。2016年7月每个行政村选择50%的村小组作为第三批先行开展，在完成有偿使用、退出登记后，9月第四批50%村小组同时跟进，12月底，完成第三批宅改任务，2017年4月底完成第四批宅改任务。

具体实施步骤分为三个阶段，并对每个阶段的任务，提出了明确要求：

一是前期准备阶段（第三批2016年6月—2016年7月，第四批2016年9月）。各地进一步完善村民事务理事会，选取宅改试点村，加强领导，健全机构，细化方案，加强培训，广泛宣传，为组织实施做好准备工作。

二是组织实施阶段（第三批2016年7月—2016年11月，第四批2016年9月—2017年3月）。在调查摸底的基础上，封闭酝酿制定改革制度办法，加强督查调度，实行阶段性督查，及时发现存在问题，及时协调解决实际困难。发挥示范带动作用，大力宣传典型人、典型事。组织学习交流，及时总结做法经验，确保按时有序推进各项工作。

三是总结完善阶段（第三批2016年12月，第四批2017年4月）。对试点村进行全面检查验收和目标考核，对存在的问题整改完善，全面总结试点经验，构建成熟制度机制，形成可复制、能推广的实践经验。

《关于全面深入推进农村宅基地制度改革试点工作实施细则》（以下简称《实施细则》），在推进时间设定和实施步骤上，与2016年3月发布的《深入推进"一改促六化"全面建设美丽乡村实施方案》高度同步，可以这样说，宅改推进到哪一步，"六化"就推进到了哪一步。所谓"一改促六化"，从这两个改革文件的衔接、配合上，展现得淋漓尽致。

善于总结改革的实践经验，是余江在宅改过程中一个非常突出的特点。前一阶段成功的经验做法，很快就会被吸纳、应用到后一阶段的改革中。在第二阶段"整村推进"中，余江县宅改办拟定了详细的工作清单，以便让第一线的改革者人人明确自己要做什么。这一简单明了的做法，对于"整村推进"阶段宅改的可控和有序推进，起到了巨大作用。这一成功经验和相关做法，也立刻被应用到了全面推进阶段的宅改中。在《关于全面深入推进农村宅基地制度改革试点工作实施细则》中，专门辟出了整整一个章节，浓墨重彩地详解全面推进阶段宅改的各项任务和操作方法。

《实施细则》将这一阶段宅改的任务细分成了十二大项，分别是：教育培训、宣传发动、调查摸底、制作影像、酝酿制度、有偿使用、退出流转、规划用地收回、分配宅基地、村庄环境整治、完善基础设施、村务公开、总结评估。

对于每一项任务，又从工作内容、工作方式、工作步骤、工作要求等方面，分门别类地详加解释、安排，同时，还针对第三批、第四批宅改推进，分别给出了每一项任务的完成截止时间。

工作体系、任务内容、时间设定全部安排完毕，余江县以宅基地制度改革试点全面推进为核心的"一改促六化"，正式拉开帷幕。

店上洪家村的宅改

眼看着邻村下万家村多年破旧的空心房拆除了，坑洼的泥巴路硬化了，村内一下子亮堂美化起来，洪金水开始有些着急。他回头看看自己村里杂乱不堪、破旧废弃的空心房林立，两相对比，心里立刻五味杂陈。

洪金水所在的村子，是平定乡洪万村店上洪家村。2014年的时候他们村里搞道路硬化，曾让邻村的下万家村很是羡慕了一阵。那时，作为村干部的洪金水每天走在村里都是腰杆笔直，在他的带领下为村里干成了这么一件好事，他感到光荣且很有面子，说起话来也不自觉地底气十足。可没想到还不到两年，情况好像掉了个个儿。

就在不久前，邻村下万家村被选为第三批宅改试点村。洪金水知道，他们村2014年硬化村里道路对下万家村是个不小的刺激。正是因为看到了他们村里治理道路带来的村貌变化，此次申报宅改试点村时，下万家村强烈要求参加宅改。让洪金水没想到的是，才不过几天工夫，宅改就让下万家村变了样。虽然下万家村的宅改还没结束，但村里的规划图早早就挂在了村头。那上面，描绘的是一个宅改之后让人羡慕的全新村庄。

看到下万家村的喜人变化，洪金水无论如何都坐不住了。其实不光他坐不住，他们村的其他干部也非常着急，每次开村小组会都念叨这事。而且不仅干部，村里的许多村民看到下万家村宅改越搞越好，回村后也不断和村里干部说。一股不想被下万家村比下去的势头，无形中在全村蔓延开来。

实际上，店上洪家村一开始也想搞宅改，但是乡党委、乡政府顾虑店上洪家村的情况，经过考虑后决定他们村暂缓推行宅改。因为在余江县平定乡，店上洪家村是出了名的上访村。

店上洪家村位于平定乡中部，处于梨温高速和杭长高铁之间。2000年建梨温高速，占用了店上洪家村四个村小组50多亩地。因对平均分配的补偿方式强烈不满，两个村小组甚至闹到了打官司的地步。后来事情虽慢慢平息了，但矛盾一直未能彻底化解，各小组村民之间见面都不打招呼，邻里之间经常恶语相向。十多年来，村庄发展基本处于停滞求稳状态，很多集体工作时常因为村民不支持而最终难以推行。村里最后闹到了想重新分田都分不下去的地步，更别提进行新农村建设。

矛盾最激化那几年，村小组干部没人愿当，村内无人管事，土地资源你争我抢。村里除增盖了几栋砖瓦房外，其余仍是"十几年如一日"，危旧房屋倒塌破败，道路泥泞、杂草丛生，基本上晴天一身灰，雨天一身泥。

正是顾忌店上洪家村矛盾丛生、基础太差，乡里才在选择第三批宅改试点村时决定暂缓其宅改。但是邻村很快见效的宅改成果，深刻地刺激了店上洪家村。洪金水和村干部，不断向乡党委、乡政府反映村内情况，强烈要求宅改。

看到店上洪家村宅改意愿强烈，平定乡党委、乡政府消除了此前的顾忌。他们敏锐地意识到，这是一个打破店上洪家村十几年来混乱局面，使村民重新团结在一起的良好契机。经过反复思考、细致筹划，平定乡决定把店上洪家村列入第三批宅改试点村名单。为此，乡党委、乡政府专门委派了分管领导指导宅改工作，同时协助村里加强理事会建设。

　　由于2014年村里硬化道路的建成，一定程度上改变了村民对村干部的看法，店上洪家村的理事会建设较为顺利，2016年8月，洪家村村民事务理事会如期成立，洪金水被村民一致推选为理事长，理事会成员共有11人，有3名党员，分别来自村里几大房族，他们既代表了各房族的利益，在村里、族里也有一定威信。

　　8月14日，洪家村的宅改正式启动。洪金水带领理事会首先对村里情况进行摸底——洪家村共有114户427人，常年在外人口180人。其中"一户一宅"45户、"一户多宅"69户。摸清楚了村里情况之后，按照余江县制定的宅改标准工作流程，店上洪家村民事务理事会广泛征求村民意见，开始着手制定本村宅改制度。由于理事会代表了村里各房族的利益，村民诉求表达有了畅通渠道，人人说出想法、人人发表意见，村民事务理事会的村民自治作用得到充分发挥。很快，适合本村实际的《集体经济组织成员认定及户的界定办法》《宅基地有偿使用办法》《宅基地退出及流转办法》《村规民约》《村民建房审查细则》《村庄规划执行办法》等主要宅改制度制定完毕。

　　在具体操作中，店上洪家村还借鉴、学习其他村的宅改经验，结合本村的实际情况，决定对于村里废弃的猪牛栏、厕所，由村民自愿无偿退出；对于"一户多宅"，则按理事会的决议进行有偿退出。收上来的退出资金，上交乡经管站代管，严格做到公开、公平、公正，从而得到了大多数村民的理解和支持。

虽然村里宅改意愿强烈，但也有不少人思想上仍然想不通。尤其是一些老人，祖业观念重，对拆自己的"多宅"非常抵触。为了做通这些人的工作，理事会成员打不还手、骂不还口，忍常人所不能忍，用真情、用实际行动，去感化村民。理事会成员洪冬喜主动带头拆除退出自家200多平方米的新房屋。在理事会的榜样带动下，短短20天左右的时间，全村47栋危旧房屋、150余个猪牛栏厕所共计13000平方米全部退出到位，为后续建设扫清了障碍。理事会成员、村干部身先士卒，敢于先从自己改起，是余江县在此前的宅改中获得的一条极为有效的经验，店上洪家村的宅改实践再一次表明，只要干部以身作则先行动起来，改革就一定能顺利推开。

宅改中，店上洪家村充分调动了本村乡贤建设家乡的积极性。宅改没有启动资金，店上洪家村的乡贤主动捐资53万元。他们不仅在金钱上资助家乡建设，还运用在外闯荡所收获眼界和知识，利用春节回乡探亲的机会，主动做好自己家亲人和亲戚的思想工作，帮助村民事务理事会和村干部解决改革中遇到的困难。乡贤一心为家的行动感动着每一位村民，村民自发集资4万元用于村里河边路段建设。而为了鼓励、激发村民建设家乡的热情，理事会对捐资人进行张榜公示。

店上洪家村在外务工的青年人很多，受乡贤的带动，越来越多青年人也投入到家乡建设。他们虽不常在家，但在家乡的"一改促六化"建设中却起到了"领头雁"的作用。洪仕斌、洪天辉、洪继华这三位青年人，宅改后创立了"青农基金会"，建立起了"店上洪家村青农基金会"微信群，目前，这个微信群从刚开始的16个人，已经发展到62个人。他们在微信群里交流家乡的可喜变化，为家乡建设出谋献策。大家只有一个目的，就是希望村庄能变得更好。改革过程中，基金会成员走访了42户人家，给予每户贫困户3000元的援助金；他们还开展了"好媳妇"评选活动，给予关系和睦的家庭每户1000元的奖励。春节期间，他们走访了40位70岁以上的老人，给每位老人捐助100元、一桶油、一袋米。店上洪家村青年人的这些举动，有效改善了村风村貌。

为了让宅改形成最大共识，让每一位村民都知晓宅改所能够带来的好处，店上洪家村在宅改中不仅上门入户做宣传、发放宣传单，还非常重视发挥"三老"，也就是老党员、老干部、老长辈的作用。因为他们在村里有地位、有威信，也有权威。理事会组织"三老"到横峰新农村建设示范点学习参观，解放思想。"三老"的思想通了，村里宅改的阻力不仅大大减少，而且"三老"也成为宅改最好的宣传员。

在余江县的宅改中，遇到的一个很实际也很让人头痛的问题就是：五保户、特困户等特殊群体如何妥善安置。

他们大多住在面积大、破旧的危房里，又没有经济能力盖新房，拆了旧房就没了"安身立命之所"；但如果不拆，全村的宅改又很难推进。

这个问题也成为店上洪家村宅改中亟须解决的问题。这个时候，理事会最大限度发挥村民自治、群众智慧的作用就显露出来了。洪家村从邻村下万家村建设"幸福楼"的做法中得到启示，他们整合民政、扶贫等各类资金，利用"一户多宅"退出的土地，建立了店上洪家村居家养老中心，集中安置全村的特困户。

养老中心属于村集体资产，住户有使用权，在老人去世后一个月内无条件归还集体，而且入住户需要自愿退出原有的老宅基地。洪家村的这个做法，既有效安置了特殊困难群体，又解决了破旧老房的拆迁问题，腾出了更多的集体土地，用于村庄规划建设，可谓一举多得。这个做法也成为宅改的一条成功经验，被许多其他的宅改试点村借鉴、套用。

宅改顺利推进，为店上洪家村的"一改促六化"建设开拓了空间。拆掉了杂乱无章的空心房、危旧房、猪牛栏、露天厕所，店上洪家村重新拓宽、硬化了村内道路并实现了亮化，整修了下水沟渠，在村内和道路两侧遍植花木。利用退出的土地，村里建起了138平方米的图书馆和农耕广场、休闲广场，理事会协助村民组建了舞蹈队；购买了电影放映设备，村民可免费观看电影；安装了健身器材，引导村民锻炼身体。

群众的体验感、幸福感、获得感，是改革内生动力最大的源头。店上洪家村的变化，虽只是"一改促六化"取得的初步成果，却已强烈地激发起村民的改革热情和主动参与改革的积极性。村民纷纷对自家宅改后多余的农具、石、瓦、废弃物品进行收集，用于打造景观小品，装点村庄风貌；主动对房屋周围摆放杂乱的物件归置整齐，对乱石、建筑垃圾及废弃农业用具清理填埋，齐心协力共建美好家园。如今这个村还建了图书馆，从村民手中买回了村里1964年建的仓库，通过"修旧如旧"后，做成宅改纪念馆与村史馆。崭新的村风村貌，正在店上洪家村悄然形成，村庄打造成了"文明洪家、书香洪家、生态洪家、和谐洪家"。

鹤膝塘村的宅改

平定乡耙石村鹤膝塘村小组的宅改，在第三批宅改村中也具有一定的代表性。鹤膝塘村的宅改之所以能够顺利推进，主要得益于该村有一个坚强的村民事务理事会，以及一位想干事、能干事、敢负责的理事长。

鹤膝塘村位于平定乡政府以西，村庄坐南朝北，左右一边一座石头岭，背靠一整块黄土岭，有"太师椅"之说，村前是百亩莲塘。据村民介绍，鹤膝塘得名，源于白鹤在塘中觅食，水刚没膝而来。因此，鹤膝塘既是村前池塘之名，也是村庄的名字。

鹤膝塘共有156户、680余口人。宅改启动后村民事务理事会摸底调查的数据显示，全村"一户一宅"47户、"多户一宅"8户、"一户多宅"101户。仅从这些数据上就可看出，鹤膝塘的宅改任务艰巨，工作量很大。

从这个村的历史情况来看，在这个村推进宅改也让人非常头疼。鹤膝塘村十三年没有召开过一次群众会议，没实施过电网改造，满村都是危房，没有一条好路走。整个村放眼望去一片破败颓废的景象。

另外，这个村民风彪悍。村民介绍，村里这些年没出几个人才，宅改基础比较差。正是这个原因，平定乡在挑选第三批宅改试点村的时候，鹤膝塘村也没有进入考虑之列。

虽然村里宅改基础不好，但是鹤膝塘村却有一位想干事，想通过宅改彻底改变村风村貌的人。这个人，就是鹤膝塘村的村民事务理事会理事长吴华斌。

吴华斌是土生土长的鹤膝塘村人。看到邻近很多村通过宅改让村庄面貌焕然一新，村民的精气神也大变样，吴华斌心里万分焦急。

与店上洪家村一样，吴华斌一开始也去村委会、去乡里主动要求在鹤膝塘村推行宅改，因村里基础差而被婉言拒绝。但这样的挫折，却越发激起了他要通过宅改彻底改变鹤膝塘村脏乱差村貌的愿望。吴华斌与村里其他几位理事一起，详细草拟了村里的宅改思路和方案，与村委会和乡里反复沟通。他们的执着和真情，让乡里负责宅改的领导极为感动，终于同意把鹤膝塘村列入第三批宅改试点。

鹤膝塘村民事务理事会共有5位理事，人不多但非常团结。宅改中，5位理事密切配合、同心协力，遇到困难身先士卒、冲锋在前，以自己的辛勤汗水和真情付出，在鹤膝塘村父老乡亲面前树立了榜样，使宅改顺利推进开来。鹤膝塘村民事务理事会，被誉为平定乡最团结、组织建设最完善的理事会。

没有宅改启动资金，5位理事每人拿出了6万元。宅改一开始得不到村民理解支持，吴华斌等人顶着村民的白眼、咒骂，苦口婆心地反复上门做工作。他多次走访村里在外务工的村民，来向他们宣讲宅改政策和宅改给村里带来的好处，并通过见过世面的这些村民，来给留在村里的父母亲戚做工作。在他的诚心感动下，在外的很多村民都以不同方式为村里的宅改出谋献策、擂鼓呐喊。

吴华斌带领理事会成员将村里的猪牛栏等附属房、危房和"一户一宅"、"一户多宅"的情况一一摸清，对户数和集体经济组织成员进行了认真细致的摸排、认定，向全体村民公示。

经过调查摸底和多次酝酿讨论，确定了多宅、超占对象，明确了危房和附属房必须拆除，多宅、超占视情况而定，选择退出或缴纳有偿使用等具体操作办法。

在吴华斌等理事会成员的艰苦努力下，鹤膝塘村宅改很快就见到了成效。宅改之前弯弯曲曲、高低不平的泥石路不见了，从东到西，村里增加了4条进村的水泥路；荒置、危旧的老宅被推平，利用宅改腾退出的土地，鹤膝塘村在最好地段给老年人建起了"幸福楼"，还兴建了8个集中牛舍。新村的规划也逐渐展开，村前荒芜了多年的水塘经过治理，目前已是绿水莹莹、鱼儿畅游。通过宅改，鹤膝塘村一改之前脏乱差的村貌。一幅新农村的靓丽图景正在徐徐展开。

三 | 到宅改第一线去

好钢用在刀刃上

2016年8月8日，余江县行政中心前的广场上人头攒动、彩旗飘扬。这一天天气晴好，蓝天白云映衬下，广场上的气氛也越发热烈、高涨。

余江县县直机关工作组派驻宅改试点村启程仪式在此隆重举行。从县直机关抽调的61名青年干部，将从今天起，正式奔赴96个行政村的宅改试点村，投身于全面铺开阶段的宅改攻坚战中。

余江县宅改的第三阶段——全面推进阶段，仅第三批宅改试点村就达到了483个，占全县全部自然村总数的三分之一还多。相比于前两个阶段的试点探索，这一阶段的宅改明显点多面广，加之宅改全面融入了"一改促六化"之中，工作量巨大、任务繁重，成为这一阶段工作的突出特点。

虽然前期宅改积累了丰富的实战经验，构建起了较为完备的组织体系和制度机制，全面铺开阶段的宅改已基本走上有章可循的成熟路径。但每一个阶段都有各自不同的特点，也必然会面临不同的问题和挑战。余江县宅改全面推进阶段面临的显著困难是，人力、物力、财力上的跟进压力巨大。

物力、财力匮乏，余江县通过向上级相关部门积极争取获得了一定的支持，但人力不足，则只能自己想办法解决。

在前期几个阶段的宅改中，余江县推动改革的成功经验之一"高位推动"，除了县里主要领导亲自挂帅，还有一个很重要的方面就是县乡镇领导包村"挂点"。所谓包村"挂点"，就是各自分别负责具体的村点，不仅督促监督协调相关工作，很多时候干脆亲自上阵。那个时候试点村数量较少，县乡（镇）干部还基本够用，而到了全面推进阶段，干部力量很显然就捉襟见肘了。

怎么办呢？余江县想到了县里后备干部。后备干部是县里的人才库，经过考察历练，假以时日，他们中的很多人将在县里相关部门承担起重任。毫无疑问，余江县正在推进的宅改，完全是历练考察干部的最佳机会。

经过组织部门的盘点筛选，2016年7月，余江县从县直机关中挑选了61名年轻干部，投入到全面推进的宅改攻坚之中。这61名干部，年轻富有朝气，政治素质过硬，在各自的单位也都是精兵强将。许多人得知自己被选入派驻名单后，兴奋异常，为能亲身参与到宅改第一线工作感到光荣而自豪。

有热情、有干劲仅是做好工作的第一步，为了切实发挥好这61名后备干部的效用，让他们在宅改全面推进阶段中，真正起到攻坚突击队的作用，余江县拟定了详细的培训和工作计划。

2016年7月27日，余江县发布《挂点驻村人员工作方案》（以下简称《工作方案》）。在"工作原则和方法"中明确规定："抽调的驻村干部与乡村干部组成工作组，集中时间、集中精力，共同推进试点，工作组实行包村驻点，吃住在村，对驻村的试点所有工作（包括宅改、维稳、信访）实行'包干'负责。"同时规定，"工作组每完成一个自然村的所有试点工作便可申请验收，县宅改办将按照工作标准进行实地验收，验收通过即为完成任务，直至所包村的每个自然村的试点工作全部通过验收，工作组方可撤出村点。"

《工作方案》还制定了详细的工作实绩考核和工作表现考察办法，并将考核结果作为优先提拔重用的依据。余江县宅改办则通过移动办公系统，及时了解和掌握各驻村干部的工作状态，对抽调人员进行外勤管理。

除了工作制度上的保障，7月31日—8月2日，余江县宅改办将61名抽调的县直机关干部集中到高公寨县委党校，进行了为期三天的封闭集中培训。路文革县长做了开班讲话之后，围绕前期宅改中的成功经验和遇到的问题，余江县宅改办工作人员向61名县直干部详细讲解了各项宅改制度机制以及工作方式。在让大家明确宅改意义和制度机制的同时，还组织前往宅改试点村进行了参观考察，以便在感性认识上，让大家对宅改有更加切身的体会。

三天集中培训很快就结束，肩负着全县人民对于改革的期待，8月8日，61名年轻的干部正式奔赴宅改第一线。在到年底只有三个多月的时间里，他们将与各乡镇的驻村干部一起，不仅要彻底完成第三批宅改试点村的攻坚任务，同时还要启动、完成第四批宅改试点的大部分工作，从而为2017年全面、按时完成国家交给的改革任务，创造良好条件，打下坚实基础。

一位驻村干部的宅改日记

从县直机关抽调的这61名干部，很多也都来自农村，对农村的生活和情况，有一定的了解。他们在机关的日常工作，很多也与农村有着千丝万缕的联系。但是，像宅改驻村这样生活、工作在农村中，对他们来说仍然是不小的挑战。毕竟，在办公室中面对、处理问题，与在活生生的农村实际中去面对困难、应对挑战，本质上大不一样。宅改驻村，对他们很多人来说都是第一次。

这61名干部在农村、在宅改攻坚中究竟怎样？下面这几则"宅改日记"，简略、生动地展现了他们的日常生活

和工作:

2016年8月12日,天气:晴

随宅改工作组下村5天,成为了一名"新时代女知青"。

短短5天的农村工作,身边发生了太多感动的故事:8月8日,全县第三批宅改工作紧锣密鼓进行,各地争先恐后、披星戴月地开展宅改运动。我被分配包潢溪的逢叶和桂林两个村委会,初来乍到,和镇、村干部同吃、同住、同劳动。宣传发动首先从开会开始,村干部会、各小组群众会、理事成员培训会……各种会上宣传宅改政策,什么是宅改、为什么要改、宅改的好处等,让老百姓真正理解和配合我们的工作。昨天潢溪停电一天,各村驻村领导带着群众"秉烛夜会",饥渴的蚊子趴在大家手脚上,马上出现一个个大红包,看着就心酸,可这敬业的精神着实让人感动。

培训完了紧接着就是上户调查摸底,大家顶着烈日来到老百姓家里丈量、画图、填表,再让老百姓核对签字,张榜公告……任何新事物一开始都有人支持也有人反对,当触及老百姓利益,各种不理解、白眼、辱骂,干部们只能宣传、解释、再解释,直到被理解被支持,工作中的每一道程序都饱含着工作人员的辛勤汗水和不懈努力。

初秋的高温丝毫没有褪色，每每出门总让我联想到铁板烧和煎蛋饼（请不要说我是个吃货，感觉自己真的好像碳烤的生蚝——又油又黑）。天气再热也阻挡不了余江宅改工作人员的热情，大家不畏酷暑，坚持在一线作业，为推进全省乃至全国农村宅基地制度改革探索新路径、积累新经验、创造新样板。

9月14日，晴

清晨，窗外透过一丝曙光，村傍林中鸟儿的欢唱把我唤醒，比我手机的闹铃好听多了。很长时间没有听到这么动人的声音，这是乡村的交响乐，充满快乐、充满活力，打破了乡村甜美的梦。我推开窗，初秋的天湛蓝湛蓝的，万里无云的天空如湖水般清澈透明，秋风拂面，让人神清气爽。

农村宅基地制度改革试点新的阶段工作开始了。回忆一周前，我在桂林村除了走村串户的开会动员、面积核实、签订协议，似乎每天都在重复着相同的事。潢溪镇其他试点村正如火如荼的开展退出拆除工作，我驻点的桂林村还"按兵不动"，我有点着急，问村支书潘海生："我们村哪天开始拆"，他笑着说了句："磨刀不误砍柴工"。潘书记是一位资产过千万的乡贤，他的工作热情让我感动，致富不忘乡亲，毅然回到村里担任村支书，他说要抓住农村宅基地制度改革试点这个难得机遇彻底改变桂林村所有村庄的面貌，先从自己的村庄推进试点，率先退出拆除自己和亲属家的"一户多宅"，每到午饭时间，潘书记都会再次来到村民家做工作，他始终把集体利益摆在前头，动员村民响应宅改政策，建设美好家园。短短几天，墙源、黄桥两个小组"一户多宅"的58户村民全部签订了退出协议。9月12日，墙源村民自愿退出拆除房屋8宗1300平方米，没有一个村民是"被自愿"的。我终于明白了潘书记之前说的"磨刀不误砍柴工"的真正含义了。

驻村干部刘文辉给人的第一印象似乎是个文弱的女子，她每天起早贪黑跟着大家奋战在宅改线上，填表、录入、丈量，巾帼不让须眉。村里还有很多跟他们一样兢兢业业的干部，宅改无小事，一线工作的高速运转离不开大家的默默奉献。

乡村袅袅的炊烟和东方冉冉的红日，有一种"红日初升云改色，波涛映日水也红"的宁静致远。行走在乡村的秋天，体会到这个季节独有的美，便也参悟了人生的真谛。一笺心语，一念执着，一品秋吟，一抹朝阳，一路希望，将所有的收获装入行囊。每当一个新的征程开始，每当大地铺满了归根的落叶，也许迷途的惆怅会干扰我的脚步，我相信未来会给我一双梦想的翅膀，也许挫折的创伤几乎让我寸步难行，可我坚信光明就在远方。

10月2日，晴

地点：潢溪镇逢叶村祥八脑小组

事由：村委会主任吴明和家"一户多宅"拆除

逢叶村祥八脑小组，挖掘机开进村主任吴明和母亲家的老宅。虽然这是一幢有着30多年历史的老房子，屋内整洁、干净，保存完好，可以看得出吴妈妈是个勤劳并且爱干净的老人。其实这幢房子坐落在村子里没有影响道路规划，吴主任多次做母亲思想工作，让二老搬进自己的新房子居住，一来方便照看老人，另一方面为了推进农村宅基地制度试点工作顺利进行，完善"一户一宅"合理分配机制，他先把自家老房子拆了，给村里其他人起个带头作用。刚刚开始，只要一开口说到宅改、拆房子，母亲就会抽噎，想到这是她和丈夫用两双手一砖一瓦盖起来的，现在说拆就拆了，换做谁也舍不得，交谈一次次在母亲的热泪盈眶中告终。

可为了支持这个当村主任儿子的工作，为了推进全村宅基地改革，最终吴妈妈答应搬进儿子家同住，在退出协议上签下名字按了手印。当挖掘机把这幢老房子推倒时，吴妈妈躲在儿子家里抹眼泪，看到她含辛茹苦了半辈子修建的房子被夷为平地，难免又是一阵心酸。

我拉着吴妈妈的手，跟她聊我县其他地方的宅改正开展得如火如荼，我说，正是有像吴妈妈您这样通情达理、甘于奉献的人，全县的宅基地改革才得以顺利开展；也正是有吴明和主任这样的宅改领头人，宅改工作才得以取得更多老百姓的拥护和支持。我给她描绘着祥八脑村宅改后的情景：一条条干整洁的水泥路通向各家各户，房前屋后种满绿色植物，村子里花果飘香，以后村民们在村里的马路上散步，不管天晴下雨，鞋底都是一样干净……吴妈妈听着听着，破涕为笑了，她说："现如今党的政策好，给老百姓修路、种树，带领大家致富，我们理应响应号召。"

在农村宅改，我又一次被触动。为吴妈妈的深明大义、为村主任的舍小家为大家的奉献精神，我的眼眶湿润了，这是我参与宅改的52天来，第一次落泪……

10月12日，多云

不停地写日记，我不知道停不住的究竟是笔，还是记忆。时光荏苒，白驹过隙，第三批宅基地改革试点工作眨眼已接近尾声。从枝繁叶茂鲜亮妍媚的盛夏到枯枝败叶落红狼藉的萧瑟，秋风掠过，总是夹带着两三缕离愁，深深浸染在每一个寂寞者人的心中。

站在墙源潘家村可以清楚地听到河对岸黄桥组的工程车"轰隆隆"的作业声。一台挖掘机在清理村内建筑垃圾，这些退出宅基地上的建筑垃圾被变废为宝，由另一台推土机推到河边作为铺设河东河西连心桥的路基。黄桥村里5米宽的富民大道路基已完工，中心路、环村路已经联网，改水改厕工作也在如火如荼地进行。再进黄桥村，已是日新月异，老百姓喜笑颜开。有位老奶奶逢人便说，村里祖祖辈辈没修过这么宽的马路，这辈子要能走上村里干净的水泥路就没白活！

今天一个3岁左右的孩子，使出吃奶的力气扶起铁锹，铲平自家门口的泥土，一副认真的姿态，他想学着大人的模样拍平路面。多么可爱的孩子呀，你也在为家乡的"一改促六化"尽一份绵薄之力吗？

黄桥到墙源潘家的路，步行只要几分钟，而我却总是被沿路的景色着迷得流连忘返。路旁无名小花，在秋风里摇曳生姿。种在田埂上的豆子一个个鼓起圆圆的肚子，粒粒饱满。就连曾经令人生厌的鬼针草、并齐杆在路旁也似一道美丽的景。放眼望去，田野里青一块黄一块的稻田，绚丽多彩，犹如大自然里巨大的调色板，秋风吹过夹带丰收的气息，不需要太久，稻子就要熟了。

可能到不了那个时候，我已不能目睹黄桥铺设水泥路面，看不到连心桥架起，亦等不到墙源的稻子收割，我已经返城回到自己的岗位工作了。想到这一切，不免感伤，离别总是发生在这个秋殇的季节，越是临近归期，越是不敢提及，生怕自己一个不小心就泪眼迷离。

使命担当"宅改人"

上面引述的几则"宅改日记"，生动地展示了61名驻村年轻干部的宅改生活。他们走出办公室，肩负着全县人民对改革的期望走上宅改第一线，他们没有辜负重托，在宅改攻坚中以自己激荡的青春，展示出面对困难之时的强大战斗力。虽然他们亲身从事宅改的时间很短，却在广阔的田野上、在火热的农村现实生活中开阔了眼界、丰富了经历、得到了磨炼。对于他们今后的生活、工作来说，这段经历毫无疑问有着巨大的价值和意义。他们中间很多人，也的确在宅改中脱颖而出，走上了更加重要的岗位、肩负起更加繁重的职责。

而下面要记叙的，则是另外一批干部。年龄上，他们比那61名从县直机关抽调的驻村干部要年长；经历上，也比他们更为曲折、丰富。余江县的宅改中，他们不仅冲在第一线，也承担着所辖区域宅改的谋划、指挥、调度、监督工作。他们就是余江县11个乡镇的各级乡镇干部。

始于2015年3月的宅改，是余江县举全县之力进行的一场改革，上至县委、县政府，下至各自然村，余江县的各级干部中的绝大多数，都投身到了这场改革之中。我们的记述只能挂一漏万，撷取几个可敬的身影，以期以点带面，见证他们的汗水和付出。

易长青，被人称为"宅改一线的老黄牛"。易长青1996年大学毕业后在乡镇工作了22年。2015年3月余江县宅改启动的时候，易长青时任平定乡党委副书记。2017年7月，调任洪湖乡人大主席。他可谓经历、见证了余江县宅改的全过程。

作为一名乡镇干部，一名从事宅改工作的普通党员，易长青始终冲在改革一线，以实际行动，获得了广大干部群众的交口称赞。

2016年8月，易长青驻点的苏家村开始宅改。苏家村是个宅改的大村，特别是所属的自然村下胡家村规模大，村内空心房多达100余栋，废旧禽畜舍及露天厕所到处都是。尤其是直到7月底，村里连理事会都没有成立，宅改工作严重滞后。

为推进工作进度，易长青几乎天天下到村里，在短短20天的时间里，他召开党员大会、群众大会10余次，重新配齐了理事会。期间易长青中暑多次，依旧坚持在工作现场。他的奉献精神深深感染每一个人，在8月21日的苏家村委会理事会上，12双大手高高举起，理事们纷纷表态"一定要把宅改搞下去，我们举手发誓，一个都不能退缩"。当日全村开始大规模退出宅基地，经过4天4夜奋战，退出了87栋空心房，125个禽畜舍及露天厕所。

看着越来越漂亮整洁的村庄，村民胡金胜喜不自禁逢人便说，"我们苏家村下胡家能有这么漂亮，都是易主席没日没夜地辛勤付出换来的！"

中苏村是洪湖乡第四批宅改试点村，也是全乡第二大村，有348户1500余人口，乡贤和党员众多。鉴于该村乡贤苏河龙为人正直且财力雄厚，全村党员群众一致认为，他才是村上最合适的理事长人选。

为说服苏河龙担任理事长，挑起宅改重任，易长青利用2016年春节期间乡贤还乡之机，先后10多次到苏河龙家中拜访。在他的真情动员下，虽遭受妻儿强烈反对，苏河龙仍然义无反顾地回乡担任起这个没有一分钱工资的理事长。通过组建理事会，全村分成12个小块，分别由各宗12人担任理事会成员，在不到10天时间，就顺利召开了理事、党员及群众大会。4月15日，两台大型挖掘机全天候进行宅基地大面积集中连片退出，退出宅基地73栋10500平方米。

以情感人、以心换心，全心全意为村民着想，为村庄谋划，就没有做不好的工作。这是易长青常挂在嘴边的一句话。在宅改工作中，他是这么说的，也是这么做的。

苏家上苏村是2016年宅改及新农村建设试点村，又是市长挂点的示范村，全村154户600余人口，面临10余栋影响村庄规划的空心房必须退出的严峻形势。74岁的村民苏党水家的房子，正好落在规划区中间，周围宅基地都退出了，只有他死活不肯。2016年7月3日，易长青来到上苏村，在村委会书记的陪同下，看到了74岁村民苏党水的房子，村委会书记对易长青说："易主席，这栋房子我们实在没办法，看下易主席您能不能拆下来？"易长青笑了笑，说："那试试就试试。"

说试试就得真行动，易长青开始三天两头的往苏党水老人家里跑。与老人聊家常，了解老人家庭情况，摸清房子拆除不下去的症结在哪里。

很快，易长青了解到，苏党水老人有两个儿子，两个孙子，儿子俩皆有一栋房屋。因为大儿子家庭条件不好，一家人全部挤在一栋房子里，即使大孙子到了可以建房的年龄也因为没钱无法建造。二儿子家留有空房，但是老人与二儿媳关系不好，甚至达到恶劣的地步。对于拆老宅，苏党水老夫妻俩其实还是支持的，老人家经常拉着易长青的手说："易主席，我们也想拆，只要您能给我们找个住处，哪怕是猪栏牛棚之类的，只要能住人，我们就去住。"

根据宅改政策精神，父母必须随子女立户。于是易长青开始尝试与老人的两个儿子进行沟通。对于此事，大儿子也是有苦难言，"作为儿子，让父母住是应该的，也很想让父母住，可是您看我家的情况，房子就这么大，本来就不够住，哪里还有地方让父母进来住"。

在确切了解到老人大儿子家的情况后，易长青知道，现在只剩下一条路，那就是找老人二儿子沟通。

老二在福建务工，易长青首先多次打电话与其沟通，皆不欢而散，老二在电话里说："易主席你试试看，看你有多大本事拆我家房子。"易长青知道电话沟通效果毕竟有限，便要求让老二回家来见面沟通，还让老人亲自打电话让老二回家一趟。

老二夫妻俩一回来，刚见面，因为对宅改的不理解不支持，对易长青说："你让老人住我家，我就让老人住你家去。"最后还甩下一句话："易主席，凭你本事去拆，反正住我家就不行。"

易长青深知真实情况并不是如老二夫妻俩所说老人不让拆，反而是老人想拆却不敢住在老二家。随后几天，易长青一有时间就去上苏村找老二夫妻俩沟通，但奈何老二夫妻俩一知道他来了要么闭门不见，要么躲出去，如此反复四五天，老二夫妻俩再次外出务工去了。

事情到这地步，走进了死胡同，没办法，易长青只能再次找到老人大儿子沟通。老大媳妇比较通情达理，看到易长青在老二手上吃了闭门羹，笑着说："我们两口子不是不同意让父母住进来，是实在没地方住啊。"

易长青知道，关键的问题还在解决老人住房问题。于是，易长青多次跑到国土、建设等部门，了解有关批地建房政策，最后了解到老人大孙子因无房无车无钱建房，可以享受危房改造指标。易长青便赶紧回村与老人及其大儿子等人商量，可以帮其大孙子申请危房改造指标，申请下来之后有1.15万项目资金用于建房子，但是房子建造起来之后，必须留一间给两老人居住，直至二老百年之后。老大一家同意了，并签订了协议。

易长青历时半个月左右，起早贪黑，没日没夜，一天最多去苏党水老人家四五次做工作，老人家感动地说："我70多岁了，就没见过这么实在、为民的干部，退就退吧！"终于，顺利拆除了苏党水老人的房子，老人也搬到大儿子家。

现在，危房改造指标也早已申请到了，而那房子也正在建造第二层，事情总算是顺利解决。

为表心意，老人还执意邀请易长青在他家吃了顿早餐。后来，老人每每见到村上人就会说："他把我们村民当亲人，我信他"。

吴克来是画桥镇的宅改分管领导。从第一批宅改试点村到第四批全面推进过程中，每一个村、每一个点、每一家农户都留下他的酸甜苦辣，自2015年8月启动宅改工作以来，他已不记得什么时候真正休过一个完整的周末，"5+2""白加黑"是其再正常不过的工作模式。

　　吴克来深知，画桥镇镇、村、组三级组织集体经济都很薄弱，所以不能实行有偿退出。画桥镇103个村小组全部实行无偿退出，一分钱不补偿要做到别人无偿退出房子，可想而知难度有多大。别人花一分功夫，自己至少要花三分精力，无论到哪个村点，吴克来都身先士卒，身体力行，始终以饱满的精神状态和火热的激情投入到宅改工作中去。

　　自古忠孝难以两全，作为宅改工作分管领导，自然也就有时不能完全照顾到家庭，家里的老父亲和老母亲虽然知道儿子在镇里上班，离家这么近，可有时几个月也见不上一面，而妻子在家里也只有在晚上见到他拖着疲倦的身子回来，也就更不忍心要求他做点家务和指导孩子学习了。有时妻子也会发牢骚，嘴里不停的念叨，"现在哪像个家了，简直就是把家当作旅店了"。

　　2017年3月28日，吴克来带队在画桥村画桥组搞宅改，由于该村是画桥镇第二大村，有240多户，村情复杂，民风彪悍，宅改工作一直举步为艰，没有什么进展。吴克来作为分管领导毫无怨言，带着队伍一头扎进画桥村，走门串户，了解情况，不停地做工作，一户一户村民在他的感召下，该退的退，该交的交，该清的清。

　　正当工作进入冲刺的时候，家里人打来电话，说家里三岁的女儿不小心被农机削到了手，送到了最近的镇卫生院，医生告知，情况比较严重，要送到市人民医院医治，父母亲不知所措。而画桥村的宅改此时又脱不了身，吴克来咬咬牙，躲在旁边打了个电话叫妹夫开车送去鹰潭市区，而自己装作若无其事一样仍然奋战在宅改一线，心如刀绞，带着男人那份坚强的事业心持续着一个改革者的坚守。

在吴克来的努力下，在他的奉献、求实的精神感召下，画桥镇第一批试点村和第二批"整村推进"试点分别获得了全县宅改工作第一名，第三批和第四批村点也已按时顺利验收。

四 冲刺，决胜宅改第四批试点村

经过余江县改革者奋力拼搏，到2016年12月，第三批试点村的宅改基本完成，开始进入总结、验收阶段。初步盘点，第三批宅改试点结束之际，全县开展宅改的行政村达到了116个，从而实现了宅改对行政村100%的覆盖。开展宅改的自然村达到683个，自然村的覆盖率达到67%。从进度来看，已经按期完成了"一改促六化"实施方案设定的宅改推进目标。

当然，第三批宅改试点也暴露出一定的问题，例如，有的村审批建房程序不够完善；有的村有些应退出房屋、院墙等建筑物退出不彻底；有些退出的宅基地没有真正收回集体；有些村组干部对宅基地制度改革政策能否持续信心不足，对收取有偿使用费持观望态度，存在收取一两年试试看的心理等现象。

余江县宅改办对暴露出的问题进行了梳理归纳，罗列了居然有11条之多。虽看上去问题不少，但是考虑到宅改的推进速度，在2015年5月—2016年12月这一年半的时间里，余江县的宅改能取得这样的进展，其实也的确实属不易。而在推进第三批宅改的同时，按照既定计划，从2016年9月开始，余江县又启动了第四批宅改试点。多项工作叠加，对于一个县来说，工作压力已达极限。

余江县第四批宅改，涉及的自然村达344个，占全县自然村的30%。虽然数量上不如第三批多，但因为宅改进程过半，容易改革的大部分都已开始宅改，剩下的自然是难啃的"硬骨头"。户数多、人口多、矛盾多，民风彪悍、工作难做，是第四批宅改试点村的普遍特点。

因此这第四批宅改试点村，就进程来说是冲刺阶段，就难度来讲，则完完全全是"攻坚战"。很大程度上，余江县的宅改能否圆满收官，就看第四批宅改试点村进展如何，可谓成败在此一举。

杨溪乡江背村的水口王家村，以及杨溪村牌塘村小组的宅改，就很典型地显示了第四批宅改的情况。

水口王家的宅改

水口王家村共有396户，1500多人。这个规模的村子，在第四批宅改试点村中也属于大村。据介绍，水口王家村在当地已历24代，村子有500多年的历史。村内有良田1300

多亩，人均不足九分地。

水口王家村的宅改开始于2017年3月。宅改启动之初，村民事务理事会按照宅改规范程序先进行了调查摸底，结果统计出濒临倒塌的老房子和空心房共计200余栋。这个数字让理事会成员大为震惊。他们简单测算后发现，光这200多栋房子就占去了良田七八十亩。

人多地少，是许多第四批宅改试点村的普遍特点。在水口王家村，每年都会因宅基地问题引发矛盾纠纷。而村民记忆最为深刻的则是多年前一家村民因为一块房前空地引起的兄弟之争。虽是亲兄弟，在涉及土地的问题上依然是寸土不让、争斗剧烈。结果争到最后，以老大把老二杀掉而入狱告终。结果如此惨痛，村民至今提起仍心有余悸、唏嘘不已。因此，当获知村里危旧房屋和空心房的现状后，80%的村民情感上愿意宅改。

水口王家村的民风极其彪悍，之前村民经常和其他村打架，在当地相当出名，乡政府提起水口王家村就头痛。宅改之前，村子没有做过整体规划，村民盖房自然就随心所欲，见缝插针。连村民自己都承认，整个村子是标准的脏、乱、差，没有几条好走的路。

宅改启动时，村委会的不少干部畏难情绪严重，觉得村里矛盾、积怨多，工作很难推进。无奈之时，他们想到了本村乡贤王良兴。

王良兴做建筑出身，是一位很成功的企业家。他在村里有威望、有担当、有见识，且家乡情结浓厚，之前村里有什么事找他，他都热心相待。但是对于村里想请他回来领头搞宅改，王良兴一开始也犹豫。因为他太了解水口王家村盘根错节的矛盾了。但是，当村里各房族的代表一致推举他来村里当理事长时，为家乡建设出把力的念头占了上风。思考再三，最终，王良兴咬咬牙答应了下来。

王良兴回村主持宅改工作，水口王家村的村民事务理事会也顺利地成立起来。理事会成员由各房群众民主推荐产生，共有成员27人，其中党员16人。在王良兴的带领下，理事会广泛征求村民意见，很快制定出了本村各项宅改制度。水口王家村的宅改进入了实际操作阶段。

虽然有80%的村民愿意宅改，但只是情感上愿意宅改，距离现实中真动手改还有很长一段距离。改革往往都会碰上这种情况，口头上愿意改革，可一旦真改革到自己头上，立马就会变了主意。水口王家村的宅改同样遭遇了这样的情况。很多原本同意宅改的村民一看到要拆自家的"多宅"，抵触得非常强烈。宅改推进刚开始就陷入僵局。

关键时刻，村委会的干部以及村民事务理事会的模范带头示范发挥了巨大作用。作为理事长的王良兴，他带头拆掉了自家的一栋房子。王良兴的这栋房子是村里唯一的钢筋混凝土房子，属于"一户一宅"，原本不属于拆除之列。但村里因为宅改新做了村庄规划，王良兴的房子恰好处在需要拆除的位置上。看到这种情况，王良兴二话没说先从自己的房子拆起。理事长身先士卒，理事会的其他理事也纷纷行动起来，主动拆除自家的"多宅"以及影响规划的老房和院墙。

为了说服某些"钉子户"退出"多宅"，王良兴顶着骂声和白眼上门做工作，动之以情、晓之以理，还主动请那些顽固的村民吃饭喝酒。为了能够尽快拆除一栋多宅，王良兴和村民喝酒，多次喝得大醉。

在王良兴和理事会的带动下，水口王家村的宅改在艰难中顽强地推进开来。仅仅一个月的时间，就退出了宅基地170处共16000平方米。之前拥挤不堪、窄小脏乱的村子一下子亮堂起来。王良兴还捐款80万元帮助村里打通了进村主路，让抵触宅改的村民尽快看到宅改给村庄带来的变化。

虽然正处于建设中的村子还稍显凌乱，但整洁、整齐的水口王家村的未来图景，却已王良兴的努力下日复一日地成为现实。

我有一个牌塘梦

牌塘村位于杨溪乡西部，自然环境优美。全村共有207户，738人，常住居民有186户。牌塘村的历史文化厚重，建村至今已有500多年。

但这么一个山清水秀、富有历史的村子，在当地的口碑却不怎么样。用村民自己的话说，牌塘村在杨溪乡是出了名的"烂地方"，一盘散沙，大家互不买账，群众之间钩心斗角，民风不好。近十几年来，村里想办什么事都办不成，一些工程项目都绕开牌塘村。外地人来杨溪乡办事，听说要路过牌塘村，都躲着走。

牌塘村是个山村，适合建房的地方很少，宅基地异常紧张。但牌塘村又是个标准的空心村。村内危旧房屋比比皆是，猪牛栏和露天厕所杂乱无章地分布在村内，整个村子看上去破败、凌乱。

2017年6月，牌塘村开始宅改。村民事务理事会理事长陈金明原本在外地做生意，得知村里几大房族的代表要推举他回村担任理事长带领全村搞宅改，一开始也很憷头。但在内心里，陈金明却有一个酝酿了很久的"牌塘梦"，他梦想有一天牌塘村的面貌能够彻底改观，牌塘人的口碑也彻底扭转。

在村民代表的多次劝说、邀请下，陈金明决定回村担任理事长。回村后他多次召开村民代表大会，选举产生了村民事务理事会成员9人。这9名理事会成员在群众中都有一定声望，办事相对公道，为人正派，因此得到大多数村民的拥护。

理事会首先把村里宅改的各种制度制定出来，经过公示得到村民同意后，便正式启动了宅改。结合村里的实

际情况，有的危旧房屋需要有偿退出，由村里收购收归集
体。但收购没有钱怎么办？关键时刻，群众的智慧再次显
出了威力，牌塘村想出了"宅票"的办法。也就是实行台
账制度，先记账，一是等村里有了钱再付款，二是拆除了
多宅的村民今后如果符合条件申请建房，可以用"宅票"
置换宅基地。这个办法，很大程度上打消了村民的顾虑，
大大减小了拆除多宅的阻力。

可尽管如此，实际的宅改过程依然困难重重。磨破嘴
皮反复做工作是家常便饭，有时候理事会领人在前面拆，
后面就有人骂。宅改开始时，陈金明和理事会成员同样是
"先己后人"，带头先拆除自家的"多宅"和影响规划的
老房子，然后做自己兄弟、本房家族的工作，最后才是其
他普通村民。

通过艰苦努力，全村共无偿退出宅基地138宗，退出面
积达18000平方米，涉及97家。

当全村老房子拆除基本结束后，为了清除拆除遗留的
废石料、整治村庄环境，在上级项目建设资金还没到位的
情况下，9名理事会成员每人垫付1万元作为前期建设启动
资金，用于清理垃圾、杂草、废石料，修建排水管网。

陈金明和理事会付出的汗水，村民自然都看在眼里、
记在心里。尤其是看到村里路通了、环境变好了变美了，
村民的思想也慢慢转变，从抵触宅改，到支持宅改、主
动参与村庄的"六化"建设。宅改之后，村内房族之间的

派系矛盾也几乎消失，一些多年形成的屡遭外界非议的民风、民俗逐渐改变，村民之间开始相互理解，民心也变得更齐了。宅改后村内大搞标准农田建设，像这种集体工程，之前在牌塘村根本不可能搞起来。但经过宅改，村民切实看到了牌塘村的希望，积极踊跃地支持村里的建设项目。

对于牌塘村的转变，理事长陈金明当然倍感欣慰。他琢磨着将村口的池塘好好治理一番，搞成一个休闲垂钓场，这样也能为村里增加一部分收入。他还准备与邻村的民俗旅游项目进行对接，延长旅游线路，把游客吸引到山清水秀的牌塘村来。他的"牌塘梦"，在宅改开拓出的广阔天地中，正逐渐变为现实。

第四批宅改试点村是余江县宅改以来最为难啃的"硬骨头"。这一阶段的宅改，相关制度已较为健全，工作方法和工作机制也全面建立起来。但就是因为第四批宅改的村子情况极为复杂，宅改进度一定程度上受到了影响，原本预设的在2017年5月完成第四批宅改的截止时间不得不往后延期。

可是，2017年却是国家所设定的宅改收官之年。为了能够在规定期限内完成国家交办的宅改任务，余江县一方面层层压实监督宅改进度，另一方面，又从县直机关抽调了27名干部，充实到宅改第一线。攻坚阶段的宅改充满波折，许多经历过这一阶段工作的干部一提起那最艰苦的几个月，都唏嘘不已、感慨万分。

但是无论多么艰难困苦，无论再怎么坚硬的"硬骨头"，宅改，在坚韧执着、不达目的决不罢休的余江人面前，也总有服软的时候。

2017年10月，第四批宅改试点终于全部完成。

第四批宅改试点村完成宅改，标志着余江县自2015年3月开始持续两年多的农村宅基地制度改革试点基本告一段落。

截至第四批宅改试点完成，余江县全县1040个自然村中，处于城镇规划区外的908个自然村已经全部进行了宅改，自然村宅改覆盖率达到了87.3%。全县已通过验收的试点村达到752个，占全部试点村的83%。

通过两年多宅改，余江县全县共退出宅基地28368宗3892亩，其中有偿退出5474宗932亩，无偿退出22894宗2960亩；退出宅基地复垦574亩，村集体收取有偿使用费6253户867万元；流转宅基地56宗20.5亩；新建农房择位竞价136宗22.3亩；集体支付退出补助款1448万元，有偿退出户均增收4100元。新修村内道路310千米，沟渠230千米，新增绿化面积780亩，村集体收回的宅基地可满足未来10～15年村民建房需求。206户农民自愿退出宅基地或放弃建房，进城购房落户。

在制度建设方面，通过两年多的改革试点，余江县在县、乡、村组分别制定、出台了23项、11项和9项宅基地管理制度，形成了2项土地增值收益分配办法和集体资金、资产、资源管理办法，初步探索形成了成体系的可复制、能推广、利修法、惠群众的制度性成果。从总体改革进程以及改革成果来看，可以说，到2017年底，余江县已基本完成了国家交办的农村宅基地制度改革试点任务。

五 改革再启程

宅改即将迎来胜利曙光，每一位余江的改革者自然倍感欣慰。在两年多的时间里，他们顶着巨大压力和部分群众不理解的目光乃至恶言恶语，"5+2""白+黑"地辛苦操劳、流汗流泪，终于以自己的坚忍不拔和巨大的真情付出，换来了丰硕的改革成果。而走到这一步，于情于理，似乎应该歇歇脚、喘口气，稍做休整了。

可是，余江改革者知道，宅改虽然收获了丰硕成果，但改革却远远没有到结束的时候，改革依然在途中疾驰。

这样说并不是拔高、凸显余江改革者的形象。实际上，就在余江县全力推进第三、第四批宅改试点的时候，全国范围的"三块地"改革出现了连续两次提速。改革大形势发生了巨大变化。

第一次提速是，2016年9月，国土资源部以"试点联动"的方式扩大了"三块地"改革的试点覆盖范围。

所谓"试点联动"，就是一个试点县市，突破了一个地方只试点一项改革任务的原初设计，可以开始试点两项或以上农村土地制度改革工作。具体的变化是，原来分别试点集体经营性建设用地入市改革和试点征地制度改革的县市，这两项改革可以同时进行了。而原来试点宅基地制度改革的县市，则可以三项改革全部进行。

第二次提速是，2017年11月，也就是与余江县刚刚完成第四批宅改试点同时，国土资源部又将宅基地制度改革试点扩展到了参与"三块地"改革试点的全部33个县（市、区）。至此，33个县（市、区）的改革试点内容已完全一致。

另外，为了与《土地管理法》的修改工作做好衔接工作，同时也为刚开始新的试点项目的县留出充裕的改革试点时间，2017年11月4日，十二届全国人大常委会第三十次会议决定，授权在试点地区暂时调整实施有关法律规定的期限延长至2018年12月31日。也就是说，当初设定的三年改革时限，延长了一年。

对于余江县来说，改革时限的变化带来的影响是显著的。

就"试点联动"而言，余江县相当于在宅基地制度改革试点的同时，新增加了集体经营性建设用地入市和征地制度改革两项试点内容，改革任务的工作量明显加大。由此余江县的改革，自2016年9月开始，也正式进入了第四个大的阶段——统筹协调推进"入市和土地征收"试点。

而改革时限延期，同样为余江县增加了新的改革内容。因为截至2017年底，余江县通过四批试点村的推进，宅改已经在城镇规划区外的908个自然村全面展开，但城镇规划区内尚有132个自然村因为已纳入县里的统一规划而没有开展宅改。在这种情况下，改革延期正好为启动这些自然村的宅改提供了时间。因此，从2018年1月开始，余江县启动了第五批，也即城镇规划区内自然村的宅改试点。

余江县县长苏建军在一次会议说，从余江县的试点来看，以宅基地制度改革为突破口是可选之策。近年来，余江县以改革为主抓手，统筹推进国家农村宅基地制度改革试点等3项农村土地制度改革试点工作，为全国提供"可复制、能推广、利修法、惠民生"的改革成果和实践经验。同时，以宅基地制度改革为契机，大力促进农业发展现代化、基础设施标准化、公共服务均等化、村庄面貌靓丽化、转移人口市民化、农村治理规范化的"六化"建设，助推改革试点工作。在宅改实践中，余江县突出组织领导、试点先行、规划引领、环境提升、产业发展、文化开发、氛围营造、资金投入、督查考核，促进了农村生产、生活、生态的共同改善和融合提升，群众有了更多获得感、幸福感。由于宅基地制度改革是以"集体所有、"一户一宅"、新增和超标占用宅基地的有偿使用"为核心，配合新农村建设来实施改革。宅改效果不仅没有局限于满足宅基地制度本身，而且对乡村振兴的其他方面大有裨益。例如，明确集体产权、发展集体经济、赋予宅基地经营权、增加农民收入、强化集体治权、发挥村规民约的自治作用、加强乡村治理、引进乡贤治村、培养懂农村爱农民爱农业的工作队伍等，在一定程度上由宅改带动起来，对乡村整体发展起到了促进作用。

他还表示，只有继续深化农村土地制度改革，增进农民对改革的信任，乡村振兴的活力和内生动力才能得以不断产生。

最后的村庄

春涛乡的滩头村是宅改的最后一个村庄，这个村改革好了，宅改工作也就可宣告大功告成。

2015年始，余江在全国率先展开宅基地制度改革试点工作，在县乡村组齐上阵、村民理事共参与的态势下，浩浩荡荡的宅改席卷全县1040个自然村。然而滩头村却是这1040个自然村最后宅改的，原因就是滩头村是全县宅改工作的难点与痛点。

春涛乡是三市交界，这边有句土话是这样说的："东乡的坎头、余干的饭头、余江的滩头"，"三头"是民风彪悍的代表。再就是该村房族观念严重，这里有18个房族，就有18个"头手"，18个家族，每个家族之间还都存在相互制约的竞争关系，甚至很多家族之间历史上都有血债。所以余江宅改把这个"难啃的骨头"放在最后。

放在最后，"难啃的骨头"也得啃，这"尾"如能啃定"凤尾"，才算真正完成了这项改革之重任。

在宅改之前，村内没有一条水泥路，村内污水横流、内涝严重，牲畜粪便遍地、臭气熏天，村内宅基地十分紧张，房屋挨着房屋，汽车进不了村、电动车要挑路走，村民建房只能用独轮车推材料进村，村民有迫切改变的意愿，却苦于没有"主心骨"，群众意见不能统一，迟迟无法将宅改工作推进。

2019年初，春涛镇党委、镇政府发挥"党建引领、群众为基"的特色做法，广泛发动群众，村庄内435户老百姓，有429户签订了要求改变落后面貌的申请书，和支持宅基地制度改革的承诺。组织选出村民们信得过的理事会，按照"一房一理事"的原则，共选举推荐了18名理事，保证了每个家族都有自己的"发言人"，理事会成员都是村内德高望重的"头手"和老党员，平均年龄在65岁以上，体虽"衰"，心却"盛"，经常开会研究政策到凌晨。

同时，成立滩头村"乡村振兴参事会"，发挥参事们的智慧，为家乡的建设出谋划策、贡献力量，乡贤参事会的主旨是"参与不干预、参事不主事、出智出钱又出力"。

结合该村实际和大多数群众的意见，实行"两榜五公开"工作法,全面接受群众监督。"两榜",即重大事项先发第一榜征求群众意见,修改定论后再发第二榜接受群众监督;"五公开",即农村宅基地制度改革试点方案和工作安排上榜公开、农村宅基地管理政策和制度上榜公开、宅基地调查摸底情况上榜公开、村庄规划图上榜公开、所有结果上榜公开。确保了群众矛盾意见"发现在初始、解决在萌芽",彻底改变了"有意改革、无心参与"的旧格局。

随着春涛镇滩头村这个大型复杂村庄的宅改工作深入推进,余江宅改制度设计的科学性和适用性得到了有力的佐证,也充分说明在广大群众的支持下,我们没有办不成的事。

2019年6月18日—19日,江西省委书记刘奇来到鹰潭市余江区潢溪镇渡口村,实地察看宅改与秀美乡村建设协调推进情况,要求提升管理的精细化水平,持续巩固改革成果、提升建设成效。宅改和秀美乡村建设中,农民怎么想、还有什么困难?刘奇十分关注。他还选择了一个"后进村"现场解剖。

与省委书记面对面,吴新卫、吴炳华等滩头村民一五一十诉说了这些年村里"后进"原因、村民真实想法和诉求。他们告诉刘奇,村里宗族分了十八房,村民意见不易统一,宅改启动了两次都做不下去。后来看到旁边村子通过宅改、秀美乡村建设,变漂亮了变好了,大家也都心动了。

刘奇边听边记边聊，与村民们互动交流。刘奇说，最根本的是倾听群众心声、依靠群众、发动群众，让每位村民都迸发主人翁热情，投工投劳共建美丽家园。规划要做好，建设不能脚踩西瓜皮滑到哪是哪。要贴近村民需求，不能华而不实，装门面、充好汉。

"你们干出成绩来，下次我再来村里做客。"如今滩头村按照村民的意愿，变得越来越美了！

06

第六章

留住乡愁

一　一栋县委书记保留下的老房子

2016年8月的一天，余江县县委书记路文革到马荃镇林溪村湖山吴家村调研宅改进展工作。林溪村湖山吴家村是第三批宅改试点村，此时这个村的宅改正在紧张有序地全面展开。

天淅淅沥沥地下着小雨，整个湖山吴家笼罩在一派湿润的葱茏青翠之中。许多濒临倒塌的空心房和危旧房已被推倒，昔日拥挤不堪的村子猛然显得空旷起来。

路文革书记一边在村中四处查看，一边听着村干部介绍宅改进展以及村庄规划。突然，村中心一栋房屋吸引了他的目光。

这栋房屋四面墙壁由青砖砌就，大门重檐高挑。虽经岁月侵蚀，门楣上的石雕依然清晰可辨、栩栩如生。从外表看，这栋房屋并不张扬，但严谨、沉稳的建筑风格，却使它明显有别于余江通常所见的民宅。房屋踞坐于村子中央，由于旁边一些老旧危房已被推倒，原本并不高大的房屋，显得气势非凡。

"这栋房子是谁的？"路文革书记问村干部。但是村干部一时却说不清楚房子的来历，只知道这房子的确有些年头了，在他们很小时候这个房子就存在。听村里的老人讲，这房子似乎是本村一位旧时官人的宅子。有很长时间，这栋房子被村民占用，后来因为房子实在破败，透风漏雨，许多木头柱子和房梁朽折存在很大危险，村民才陆续搬出，这栋房子也就成了没人住的空房。房子没法住了，村民便利用它的墙壁，围着房子建起了柴火房和牛栏、猪舍，慢慢地，这个房子就被遮蔽在了中间。至于屋主的名字，村干部说，小时候听老人说过房主的小名叫耳胜，大名则一概不知。

对村干部的回答，路文革书记有些失望。他走进这栋房子仔细查看。进得门来，才发觉别有乾坤。房子的格局类似四合院。四周围成一圈的房间都是二层，长方形天井中间是一方水池。房子里面显然年久失修，显得破败不堪。门窗要么已不见踪影，要么朽溃腐烂，东倒西歪。木质楼梯也断裂朽烂，踩上去吱嘎作响、摇摇晃晃。天井中杂草丛生、垃圾充斥。

虽然一时弄不清房子的来历，但房子的格局却透露着一股大气与庄重。直觉告诉路文革书记，这是一栋有历史、有故事的房子。

从屋后墙壁倒塌的豁口出来，路文革书记绕着房子走了一圈。原来依托房子墙壁而建的杂物间已经在宅改中拆除，村干部说，这栋房子也已列入村里宅改拆除之列。房子看上去虽然破败，但建筑用料非常扎实，拆起来比较费劲。于是他们想先把四周容易拆的房子拆完，最后再来拆这栋房子。因为这个原因，这栋房子才暂时保留了下来。

一听村干部这么说，路文革立即让村里先不要拆这栋房子。他一边让村干部赶紧去查查家谱，问问村里的老人，尽快搞清楚这栋房子的来历。同时，他通知县文物部门立即前来调查、鉴定房子的情况。

经过文物专家的勘察，果然，这栋房子是一处之前尚未发现的文物遗存。房子建于明代，是明代德庆知州吴汝新的府邸。

在文物部门的布置下，余江县立即对这栋房子进行了抢救性保护，并安排专人负责看护。一处极有历史文化价值的老房子，就这样被保留了下来，躲过了被拆毁的命运。

二 摸清文物家底

　　余江县原名安仁县，宋代端拱元年（公元988年）正式确立县名。1914年，因与湖南省安仁县同名而易名余江，以境内有余水（信江）而得名。

　　余江县历史悠久，秦汉时期为余汗县地。悠久的历史沿革，使得余江县有大量文物遗存。同时，余江县又是著名的革命老区，长期的革命斗争，也为余江遗留下了大量宝贵的红色文化遗产。余江县是毛泽东赋诗颂扬过的地方，还是杰出文化战士邹韬奋的故乡。

　　宅改之前，余江县经第三次全国不可移动文物普查，全县共登记不可移动文物266处，其中新发现247处，复查19处。按文物类别统计，有古遗址6处、古墓葬4处、古建筑206处、古窟寺及石刻2处，近现代重要史迹及代表性建筑48处。这些文物主要分布在锦江、画桥、马荃、杨溪、邓埠等乡镇。尤其值得一提的是千年古镇——锦江镇，历史悠久，文物资源丰富，全镇县级以上文物保护单位

9处，约占全县县级以上文物保护单位的40%。

上述这些还只是已经查明的文物遗存情况。但是很显然，还有大量的未知文物遗存，散落在广阔的余江大地上，隐身在青山绿水和村落间。这些尚未被知晓的文物，客观上给余江的宅改提出了重大挑战。前车之鉴已然有不少。在城镇化与新农村建设中，一些凝结着乡情、乡愁的古村落与具有历史价值、包含文化风貌的老房子遭到了破坏，很多被拆了，留下钢筋混凝土结构的现代建筑。这样的做法，让人们越来越丧失对故土的认知和精神归属。

这样的情况会不会在余江重演？在余江县全面推进的宅改中，如何对待文物，不仅事关余江县的行政作为是否科学、规范、理性，更事关宅改的声誉和改革效果。

让人欣慰的是，余江县委、县政府以及各乡镇党委、政府，对文保工作给予了高度重视。"我们要的不是拆了多少房子，而是保护了多少老房子。"这句话是余江县委书记路文革说的。这位有着硕士学位的县委书记，外表儒雅，浑身洋溢着浓厚的文人气息。在处理发展社会经济的同时如何保护当地历史文化的问题上，路文革书记有着前瞻性的认识和工作思路。宅改以来，路文革书记跑遍了余江的乡镇，足迹遍布每一个村庄。每到一地，他都留心查看是否有具有文化价值的老房子，一旦发觉，就坚决予以保留。马荃镇林溪村湖山吴家村那栋因破败而差点被拆掉的明代德庆知州吴汝新的府邸，就是这样被他发现并保护下来的。这个事例，在余江已经被传为佳话，有力地推动了宅改中对于文物的保护。

余江县在整个宅改进程中，除了县里主要领导身体力行推动文保工作，还注重依托宅改形成健全的文物保护工作制度和机制。

2016年，余江县进行了宅改过程中第一次全县文物普查。县委、县政府专门成立了文物普查工作领导小组，从组织上加强对文物普查工作的领导。县宅改办、县文广新局和各乡镇也建立了联动机制，共同推进文物普查和保护工作。

2017年，余江县又集中一个多月的时间，进行了第二次文物普查。为此，余江县下发《关于做好对具有文物价值的古建筑进行上报和保护的通知》，详细制定了《余江县不可移动文物普查登记表》，全面展开对农村古建筑、老房子的调查摸底、普查复核工作，同时尽可能地收集照片及文字材料。

在拆除危旧房的过程中，只要发现具有一定价值的古建筑、老房子，县宅改办和各乡镇就会及时通知县文广新局。县文广新局也会在第一时间安排专家组赶赴现场勘察、认定、拍照、测量、登记，并对新发现的文物点实行挂牌保护，从而建立起了县、乡镇、村三级文物管理网络。通过签订文物保护责任状的形式，将文物管理责任落实到产权单位、属地政府和村组，明确保护范围和保护责任人。

余江县还通过举办文物保护法律法规培训、组织文物业务干部走村入户宣传、制作专题电视片、发放宣传单、张贴标语等方式，广泛宣传普及文物保护法律法规知识，在全县广大干部群众心中树立起保护古建筑、老房子的理念。

通过两次全面普查以及全县200多名普查队员共同努力，余江县在宅改中摸清了全县文物的"家底"。截至2018年10月，全县共登记不可移动文物266处，其中在2017年这次文物普查中，就新发现不可移动文物24处。

三 多种形式留住乡愁

留住历史文化产物、留住乡愁记忆古景、留住生产生活用品用具——这"三留",是宅改进程中,余江县结合"一改促六化"美丽乡村建设,明确提出的要求。

但是被动地"留住"不是长久之计,如何主动"留住"才是根本。

对具有较大历史文化价值的古建筑,政府挂牌保护,是主动"留住"的主要做法。前面提到的马荃镇林溪村湖山吴家村的那栋明代德庆知州吴汝新的府邸,就是采取了政府挂牌保护这种方式。洪湖乡东阳村西杨组的西杨祠堂,也是采取的挂牌保护的方式。西杨祠堂始建于1733年,第二次国内革命战争时期,这里成为西杨农民革命团指挥所。在宅改中,这座祠堂不仅被保存下来,而且还被列为了文物保护单位。

其他如位于锦江镇乐泉村的乐家门坊、位于团黄村委会岗底李家村的龙溪书院,无论是建筑形制还是对于当地的文化传承，都具有重大的价值。对这一类的文物遗存，余江县全部采取了政府挂牌的方式予以重点保护。

但是在余江，还有一类历史文化遗存，它的文物价值虽然没有那么大，但是却承载着生于斯长于斯的余江人之于故土的记忆、情感。这类历史文化遗存，就是大量的、带有鲜明余江特色的民居。

实际上，如何对待、处理这一类民居，才是余江县在宅改中遇到的最大挑战。这些民居，历史不太长倒也有一定年头，建造虽然不太精美却也充满、洋溢着地方特色。但由于社会经济发展和村庄变化，这些民居长期没人住，缺乏维护，很多都成了空心房和危旧房，既影响村貌和村庄规划，也是村里不小的安全隐患。在宅改中，这些民居大都是要治理的对象。

这些老房子有拆除的必要，却也有一定的保留价值。如果财政出钱买下来予以保留，这样做当然简单。但是一方面，很多这类老房子文物价值不大，其价值主要体现在民俗以及历史记忆和乡愁；另一方面，县里也没有那么雄厚的财政实力。

文物和文化保护需要投入、需要花钱，可余江县并不是个富裕县，资金短缺对文物、文化保护的制约，在余江县同样面临两难。所幸的是，与宅改中不断探索改革方式和机制创新一样，余江县在文保工作以及如何留住乡愁方面也大胆创新，形成了不少行之有效的"文保"模式。以下几种做法，就典型体现了余江县宅改中，对如何保护文物、留住乡愁的探索。

"红糖小村"

在潢溪镇渡口村沙塘组与上黄组之间，有一个"红糖小村"。这个"红糖小村"是余江县重点打造的项目。"红糖小村"东临伟大爱国者、杰出新闻记者、政论家、出版家邹韬奋先生的故里，北靠信江河，距鹰潭市区16千米。

所谓"红糖小村"，展示的自然是潢溪传统的古法手工制糖工艺。但是得天独厚的自然资源、人文资源和交通优势，使得"红糖小村"不仅成为传统工艺的展示地，更成为余江宅改文物保护、利用的典范。

在"红糖小村"中，32栋当地传统结构的老宅错落有致，古风古韵。这些老宅的修建复原，所用的木、砖、瓦、石等主要材料，全部来自宅改中拆除的危旧房。地面的青石板，也是从宅改村庄内收购过来的。"红糖小村"的目的非常明确，就是以当地传统制糖工艺为主线、以生态为前提、以古建为背景、以文旅为目标，结合"一改促六化"秀美乡村建设，逐步开发、打造成集旅游、休闲观光、品尝农家美食为一体的特色旅游风景线。

值得重视的是"红糖小村"的建设、运营模式。该项目采取"设计采购施工"一体化以及和政府合营的模式进行合作开发。也就是整个项目由政府负责"红糖小村"的古建筑及基础设施建设相关费用投入，鹰潭东瑞实业有限公司负责承建，"红糖小村"的运营正则由浙江颐高集团负责。

这种社会、政府、企业共建的模式，既发展了农村文旅产业，同时也为文物的保护和开发利用，为留住老房子以及古景古物、生产生活用品，为留住乡愁，提供了可靠的发展模式。目前，"红糖小村"已初具规模并开始接待游客，成为信江河边、韬奋故里的一道靓丽风景。

异地复原　集中展示

"红糖小村"是余江县利用社会资本进行文物保护的经典之作，但是囿于各种资源条件限制，并不是所有的村子都能够利用这种方式来留住乡愁、传承记忆。

余江县在宅改中所碰到的最常见的情况是，许多村里的不少老房子虽然具备一定的文物和文化价值，但是因为太过破败而不得不拆掉。因为这些破旧的老房子大多位于村子中心，村里和村民没钱维护修缮。有些房子的房主或者搬进城里居住，或者常年在外务工，房子因为长期没有人居住，已经倒塌或摇摇欲坠，已成为安全隐患。

对这些老房子应该怎么办呢？路文革书记想到了一

个办法：先把这些房子一幢幢拆卸下来，再完整地收藏保护。他担心，如果不先完整收藏起来的话，那些沉淀着历史文化和乡愁记忆的梁柱、石板、青砖，很容易就被零零碎碎地卖掉或彻底流失了。

殷鉴不远，教训确实极为惨痛。因为搞村庄整治或者村民建新房，很多地方一些非常漂亮但破败的老房子被彻底拆掉。那些拆下来的房梁、门窗乃至很有年代感的石板、青砖，要么被当建筑垃圾处理掉，要么就被一些精明的商人整幢整幢地买走。当时，由于缺乏文物、文化、民俗的保护、传承意识，许多人还对拆下来的建筑破烂居然被买走感到不可思议。但是随着社会进步、文明素质提高，人们才恍然大悟：那些看似垃圾破烂的废砖烂瓦，其实蕴含着鲜活、生动的生活印记和历史脉络，有着不可估量的文化以及经济价值。

路文革书记打定主意，这种把老古董、老物件当废品卖掉或当垃圾一扔了之的场景，在余江县的宅改中绝对不能重演。

路文革书记的思路是，把这些有价值的老房子整幢买下来，然后请最权威的专家来做规划，集中在余江县的千年古镇锦江镇恢复原貌。条件合适的时候，可以借助这些"古董"进行文旅产业开发。

目前，余江县已经按照这个思路收藏了120多幢老房屋。

就地利用

对于一些虽然破败但结构尚好、稍加整修就可再利用的老房子，余江县对之进行保护、保留的做法是：通过宅改，把这些房子收归村集体所有，修葺之后用作村里的公益用房。

例如，蓝田宋家村的一处破败古宅，村里通过宅改收回并进行了整修，作为"村史馆"，集中记录、展示村庄的历史沿革和时代变迁。洪湖乡东阳村西杨组的西杨祠堂，是余江县挂牌保护的文物遗存，但光挂上牌子放在那里也不行，房子没有"人气"同样容易损坏。西杨村在不损坏文物的前提下，将西杨祠堂用作了村民活动中心，成为村民们学习、娱乐的好去处。

无论是村史馆还是村民活动中心，这些灵活的保护方式，让古宅重现了生机。

而对于一些既无法整修再利用而必须拆除、也没办法整栋复原的危旧老房，余江县也不舍得浪费一星半点。

锦江镇石港村杜家组、黄庄乡邱坊村杨家组，用拆下的旧青砖铺设道路，用旧瓦片砌成菜园围墙、竹子编制成篱笆，这些宅改中留下来的"边角料"，完美地融入了秀美乡村建设当中，营造出古色古香的乡村韵味。

四　我们要的不是拆了多少房子，而是保护了多少老房子

宅改必须要拆掉一些房子。而在余江县如此大范围的宅基地制度改革中，如果思想上稍有松懈或缺乏文物保护、传承文化的责任心、使命感，显然会导致很多具有历史文化价值和乡愁记忆的老房子彻底消失，从而造成无法挽回的损失。但余江县在宅改中有效地避免了如此悲剧的发生，为余江人民保住、留下了历史文化记忆和血脉。

遵循"保护为主、抢救第一、合理利用，加强管理"的方针，在宅改中，余江县科学编制了文物保护规划和年度计划，统筹有序地推进古建筑、老房子的抢救性修缮保护工作。

针对文物保护修缮缺乏资金这一普遍存在的现实难题，余江县采取了"五个一部分"的筹资思路和措施，即维修资金筹措列入文保项目解决一部分、有经济实力社会知名人士投资一部分、政府适当补助一部分、村级经济资助一部分、经济情况好的村民个人捐助一部分。"五个一部分"在很大程

度上解决了农村古建筑、老房子的修缮资金来源问题。

仅余江县社会知名人士、乡贤就投资了360万元，用于保护、传承古建筑。

在余江县改革者眼中，宅改绝不仅仅是拆房子这样简单粗暴的"一刀切"，宅改中既要重视"拆"，更要重视"保"。"我们要的不是拆了多少房子，而是保护了多少老房子。"路文革书记的这句话，不仅典型体现了余江改革者的文物保护理念，也生动再现了余江县在宅改中，对于老建筑、老房子，对于乡愁记忆、对于文化文脉接续的敬重与呵护。

文物是活的，老建筑、老房子、老物件，有岁月的温度，也有着现实的光泽。余江县在宅改中对具有历史文化价值的古建筑、老房子的抢救与保护，不仅为村民留下乡愁的记忆，也为发展农村休闲旅游提供文化资源和载体。锦江镇的历史文化名镇旅游，马荃镇、杨溪乡的古村落旅游，画桥镇的红色旅游产业，都正蓬勃开展。

传统文化融入现代文化生活，发展了庭院经济、休闲农业、乡村旅游，也带动了余江县农民的就业、创业。

07

第七章

统筹协调推进"入市和土地征收"试点

一 "三块地"改革提速

2016年9月，夏日酷暑逐渐进入尾声，一年中气候最好的季节即将来临。

顶着迟迟不愿离去的热浪，余江县委书记路文革、常务副县长李灿刚、余江县国土资源局局长蔡国华以及县宅改办的许华一行四人，暂时离开正在紧张推进宅改的余江，匆匆赶赴北京。他们此行的目的，是参加国土资源部组织召开的"进一步统筹协调推进农村土地制度改革三项试点任务部署会议"。

余江县的宅改至今已经推进了近两年，目前正在处于"一改促六化"的阶段，第三批宅改试点已经全面展开，第四批试点也在紧锣密鼓地推进中。

此番赴京参加国土资源部召开的会议，余江县委书记路文革将代表余江县，做宅改工作汇报，同时，承担其他改革任务的兄弟县市，也将就改革工作展开交流。余江县的宅改会获得怎样的评价？其他县市的改革有什么成功经验和教训？一想起这些，余江县的四位改革者有些兴奋又有些许紧张。

9月21日，会议如期举行。国土资源部党组成员、副部长赵龙主持会议。国土资源部党组成员、副部长、国家土地副总督察张德霖，代表国土资源部农村土地制度改革三项试点工作领导小组，在此次会议上做了动员部署讲话。

在国家"三块地"改革试点历程中，此次会议有着重要的地位，因为从这一次会议开始，持续了近两年的"三块地"改革进程，开始了第一次大幅提速。

会议上，张德霖传达了中央关于"三块地"改革的指示精神——自试点工作启动以来，农村土地制度改革三项试点工作取得积极进展，为进一步深化改革奠定了良好基础。为增强改革试点的整体性、系统性和协调性，更好地实现改革目标，中央日前批准进一步统筹协调推进农村土地制度改革三项试点，在坚守"土地公有制性质不改变，耕地红线不突破，粮食生产能力不减弱，农民利益不受损"4条底线的前提下，把土地征收制度改革和农村集体经营性建设用地入市改革扩大到现有33个试点地区，宅基地制度改革仍维持在原15个试点地区。

这次改革提速，即是后来被称为的"试点联动"。自此开始，33个参加试点的县市区将告别承担单独一项改革任务的阶段，转而承担两项或三项改革任务。而原本承担宅基地制度改革试点一项任务的余江县，按照中央的部署，则新增加了土地征收制度改革、农村集体经营性建设用地入市改革两项任务。"三块地"改革，在余江县一下子凑齐了，改革担子猛然加重。

张德霖在讲话时指出，中央决定在现有33个试点地区中进一步统筹协调推进农村土地制度改革三项试点任务意义重大，有利于更好地实现改革试点目标，更好地维护群众权益，形成可复制、能推广、利修法的制度性成果，必须提高认识、统一思想、高度重视、抓好落实。他强调，进一步统筹协调推进三项试点，关键在"统筹协调"，目标在"制度成效"，重点在"积极推进"，必须把认识和行动统一到中央的决策部署上来，正确把握好这项工作的总体要求。一要深入学习领会习近平总书记关于农村土地制度改革的新思想、新要求。二要继续深入学习和全面贯彻试点的指导思想和基本原则，把握正确方向，坚守改革底线，维护农民权益，坚持循序渐进。三要着力统筹做好三项试点任务的统筹协调推进，做好与经济社会发展大局和相关改革的统筹协调，最大限度释放改革的综合效应。四要把"试制度、试成效"放在更加突出的地位，着眼于形成可复制、能推广、利修法的制度性成果，着眼于对全局的改革示范、突破和带动作用。五要处理好试点探索与修法的关系。要边试点边梳理制度性问题，为法律修改提供好的思路和建议，要加强对试点探索中遇到的重点难点问题的研究，同时法律修改和试点要相向而行、同步推进。

会议上，内蒙古自治区和林格尔县、浙江省德清县、广东省佛山市南海区、四川省郫县、甘肃省陇西县、安徽省金寨县、江西省余江县、湖北省宜城市、陕西省西安市高陵区9个试点地区先后做了交流发言。9个试点地区在各自所承担的"那一块地"的改革中都不乏亮点，兄弟县（市、区）的做法，让余江县的四位参会者收获巨大。

二 余江县的三项改革实施方案

北京会议一结束，路文革书记一行人就立即启程返回余江。此次会议让他们了解了兄弟县（市、区）的改革经验和改革进程，也明确了余江县的改革在33个试点县（市、区）中的位置，使得他们心中对推进余江县的宅改工作更加有底、有信心。

可是另一方面，此次会议一下子给余江县新增加两项改革任务，改革的工作量显著加大。对于工作量大大增加，路文革等人自然不会推脱，大家都是党员和国家干部，党和国家交给的任务，当然责无旁贷、勇于承担。他们只是觉得，此时正是余江县推进宅改的攻坚时刻，这个时候又增加了两项艰巨改革任务，在国家"三块地"改革限定结束的日期不做变更的情况下，三项改革任务同时推进，时间确实太紧张了。

不过他们也明白，从9月开始同时承担三项改革任务的县有15个，大家起点是一样的，要说难处的话大家都有难处，别的县能承受的，余江县当然也可以承受。更何况，"战天斗地、敢为人先，不达目的绝不罢休"的"血防精神"，就是余江人凭着一腔热血，不怕苦不怕累、出大力流大汗，脚踏实地干出来的。如今，"三块地"改革任务交到了余江人手里，余江必须迎难而上，不辜负国家和人民的重托，坚决完成国家交办的任务。

回到余江，路文革书记立即向县委、县政府传达国土资源部会议精神，同时着手布置推进相关工作。

此时，余江县面临的第一项紧迫工作，是尽快制定出三项改革的实施方案。

根据国土资源部此前发布的《农村土地征收、集体经营性建设用地入市和宅基地制度改革试点实施细则》的要求，试点县制定的实施方案要先经省级党委和政府审核后报送国土资源部。国土资源部改革试点领导小组对实施方案进行初审、征求意见并且批复完毕，试点地区才能进行下一步的改革工作。

宅改方面，余江县已经积累了一定的经验和制度，但是土地征收制度改革和农村集体经营性建设用地入市改革，对于余江县来说则是全新的课题。好在试点这两项改革的其他县（市、区）已经形成基本成型的经验和制度，余江县不乏学习、参考的目标。

2016年9月26日—30日，由江西省国土资源厅副厅长许建平带队，省国土资源厅以及余江县宅改办一行9人，启程赴四川郫县、甘肃陇西县以及山东禹城县学习考察。这三个县，都是"三块地"改革试点县，其中四川郫县、甘肃陇西县两个县试点的是农村集体经营性建设用地入市改革，山东禹城县试点的是土地征收制度改革。

在5天的考察时间里，考察组详细了解了三个县在相关改革制度机制等方面的建设情况。其中农村集体经营性建设用地入市改革方面，四川郫县制定形成了19项制度机制，甘肃陇西县则形成了17项。这些制度机制，涉及经营性建设用地入市总体规定、增值收益调节金征收管理、土地整治与调整使用办法、入市主体认定、收益分配办法、入市项目环评、使用权抵押贷款办法、违法建设责任追究，以及入市审计监督办法等。而在土地征收制度改革方面，山东禹城县则形成了10项相关制度机制，涉及土地征收程序、社会稳定风险评估、土地增值收益测算、被征地农民参加社会养老保险、征地补偿安置争议处理、征地补偿资金代管等。

考虑到征地较为敏感，极易引发社会不稳定，另外，此番考察也只考察了山东禹城这一个改革试点县，参考样本偏少，故10月13日—16日，仍然由许建平带队，考察组再次踏上取经路程。这一次，他们的考察目标紧紧围绕征地制度，目的地则是在征地制度改革方面做得比较好的两个试点县市：内蒙古和林格尔县、河北定州市。

在征地制度改革试点中，和林格尔县和定州市分别制定形成了9项和8项相关制度，囊括了征收原则、征收程序、征收补偿安置、土地增值收益分配、被征地农民社会保障、征地资金管理、公共利益用地目录划分、补偿安置争议协调裁决办法等。

两次考察都是奔赴多地，考察时间也很紧张，但是考察收获还是很大的。最大的收获是，余江县对入市与征地两项改革的认识得到了深化，契合余江县情况的大致的改革制度框架，在考察者的脑海中初步形成，改革轮廓也慢慢清晰起来。

外出考察取经、学习具体的改革制度、机制的同时，余江县三项改革实施方案的制定工作，也在紧张忙碌、加班加点地展开。

考察组结束郫县、陇西县、禹城县的考察回到余江，恰逢国庆节七天长假，但是余江县宅改办的工作人员没有时间与家人一起享受假期，而是立刻投入到实施方案的草拟工作之中。对于这样的工作节奏和工作状态，单凭文字实在难以生动体现，可是一听宅改办工作人员回忆当时的情况，一线改革者的生活工作气息，就立刻鲜活地凸显出来。

余江县宅改办的许华解释，之所以刚刚外出考察回来立刻马不停蹄地继续工作，哪怕国庆放假期间放弃休息连续加班也要把实施方案草拟出来，一个原因是时间确实太过紧迫了。他掰着指头说："方案制定出来要先报市里审核，市里审核后要报省里审核，省里审核通过后才报给国土资源部。国土资源部收到方案后，要征求意见、要审核，有不妥的地方还得返回修改。等国土资源部正式批复了，这一圈流程走下来好几个月估计就过去了。"

如果不能尽快制定出来实施方案并报国土资源部审核通过，余江县要想在2017年改革收官之年完成改革任务，压力太大了。

国庆也要加班的另一个原因则是，国庆期间大家都放假了，你就是想出去调研也找不着人，人家也不会来找你了，正好趁这个清净时间，安安静静、集中精力把实施方案拿出来。

余江县宅改办的工作人员在国庆假期奋战七天，以超强的战斗力在节后上班第一天，一份《江西省余江县关于统筹协调推进农村宅基地、集体经营性建设用地入市、土地征收制度改革试点工作的实施方案》，就提交到余江县委、县政府相关领导的案头。

随后，经过数轮调查研究、征求意见和多处修改，10月25日，余江县三项改革实施方案报送鹰潭市委、市政府、鹰潭市国土资源局以及江西省农村土地制度改革三项试点工作领导小组。余江县的这份实施方案，吸收了大量的实地调研和前期宅改经验，整体框架设计和改革推进思路完整、清晰，鹰潭市、江西省相关部门没有做过多修改，就审核通过报送给国土资源部。

　　2016年11月8日，国土资源部函复江西省，同意并批准余江县的三项改革实施方案。

　　余江县三项改革尤其是征地与入市两项改革试点，由此正式进入实际推进阶段。

三 龙虎山酝酿入市、征地制度

就在余江县三项改革实施方案获得国土资源部批复前几天，2016年11月4日，余江县委、县政府发布通知，将余江县农村宅基地制度改革试点工作领导小组，调整为余江县农村土地制度改革三项试点工作领导小组。县委书记路文革担任领导小组组长，县委副书记、县长苏建军任第一副组长，县政协主席金建华任常务副组长。县里其他几位副书记、副县长以及组织部长、政法委书记任副组长。

同时，各乡镇也同步调整成立了以党委书记（党组织书记）为组长的农村土地制度改革三项试点工作领导小组。至此，余江县三项改革试点工作的领导组织体系，正式建立起来。

有了领导组织体系，三项改革实施方案也已制定出来并得到批复，下一步紧要的工作，则是尽快设计、制定出征地和入市的具有可操作性的实施细则。只有实施细则制定完备，三项改革试点工作才能够真正进入现实推进阶段。

　　此时已接近2016年年底，对于2017年的各项工作，余江县宅改办也已拟定了大体的进度安排。按照时间进度，最迟到2017年1月15日，保障土地征收和入市的十几项基础性制度要制订完毕并进行公布，同时，试点工作的动员部署、人员培训、宣传发动等工作也要同步进行。1月21日，余江县将召开三项改革试点工作启动大会，届时，余江县的三项改革试点尤其是土地征收和入市改革将正式进入实操阶段。

　　时间紧迫，时不我待！

　　2016年12月9日，余江县三项改革办（以下简称三改办）的副主任聂荣华，以及改革办成员杨赞梅、许华、周国安、吴雨万、孙小毛、李火红一行7人，来到距余江县40多千米的龙虎山。

　　位于江西鹰潭市境内的龙虎山，2010年被列入世界遗产名录，成为中国第八处世界自然遗产。同时，龙虎山也是国家自然、文化双遗产地，国家5A级风景区，是中国道教的发祥地，其道教圣地、碧水丹山和古崖墓群，被誉为龙虎山三绝。

　　虽然已进入初冬，龙虎山依然青翠葱茏。但是聂荣华几个人却没那番观赏龙虎山奇石美景的雅兴。他们此行当然也不是来游山逛水、休闲放松的，而是要集中精力、封闭酝酿，在4天的时间里，一鼓作气制定出征地、入市的相关制度。

　　来龙虎山封闭酝酿之前，余江县三改办总结了两次外出考察所学习到的兄弟县市的改革经验和做法，针对余江县的实际情况，初步梳理出了余江县征地、入市所必需的11类制度清单。分别是：一、土地征收目录；二、土地征收社会稳定风险评估实施方案；三、土地征收实施办法；四、土地征收裁决机制；五、宅基地征收房屋补偿安置办法；六、被征地农民就业、创业、扶持援助实施办法；七、土地增值收益分配指导意见；八、被征地农民参加社会养老保险办法；九、征收转用土地增值收益核算办法；十、集体经营性建设用地入市办法；十一、集体经营性建设用地抵押融资办法。

　　清单上的这11类制度，都是大的分类，许多都需要再进一步细分制定相应配套制度。因此，此番龙虎山封闭酝酿，聂荣华等人的工作也是极其繁重。

　　根据国土资源部出台的三项改革实施方案的要求，余江县分别拟定了三项改革的目标任务。除宅基地制度改革的目标和任务早已制定外，在农村土地征收制度改革方面，主要任务有4项：一是缩小土地征收范围；二是规范征地程序；三是完善对被征地农民合理、规范、多元保障机制；四是建立土地征收中兼顾国家、集体、个人的土地增值收益分配机制。

　　总体目标是建立完善程序规范、补偿合理、保障多元的农村土地征收制度。

在农村集体经营性建设用地入市改革方面，主要任务也有4项：一是完善集体经营性建设用地产权制度；二是明确入市范围和途径；三是建立健全市场交易规则和服务监管制度；四是建立兼顾国家、集体、个人的土地增值收益分配机制，合理提高个人收益。

总体目标则是建立同权同价、流转顺畅、收益共享的入市制度。

目标很明确，也有兄弟县市区的改革样本做参考，看上去余江县在制定相关制度时只要照猫画虎就可以，未必要另起炉灶。可是，每一个地方情况都不一样，适合别的县、在其他县运行得很好的制度机制，照搬到余江，就不一定运转顺畅，很有可能淮橘为枳。

在来龙虎山集中酝酿之前，为充分了解集体经济组织入市意愿以及市场诉求，让群众参与到改革中来，余江县选取了农民、农村集体经济组织、乡镇村干部、企业业主和在外创业乡贤这四类人群，抽取样本进行了入市意愿及市场诉求的调查，以作为制定相关制度和政策的参考。结果发现，受访人群的许多想法，都出乎意料。

比如入市意愿方面，在集体土地直接入市和征收后由国家出让两个选项中，受访的50名农民中，有35人选择"直接入市"。他们希望村集体的集体经营性建设用地能够实现与国有建设用地的"同地、同权、同价"，建立城乡统一的建设用地市场，并不希望集体经营性建设用地被征收，主要原因是集体经营性建设用地被征收后，只能一次性获得征地补偿款，这对自己的子孙后代是不公平的。

而另外15人选择"被征收后由国家出让"，主要原因在于担心集体经营性建设用地入市在价格等方面存在不公平、不透明现象，损害他们的部分利益。而通过国家征收后，征地补偿的价格是公开的、透明的。同时，这部分人对集体经营性建设用地入市收入价格、收益分配也存在一定担忧。

这样的调查结果很大程度上反映出，在集体经营性建设用地入市实施过程中，如何确保改革的具体路径不会异化，确保改革方案所设计的财产性权益能够真正落到农民手中，是改革成功与否的关键中的关键。因此，在改革方案和制度设计中，如何建立起严格的改革监督机制和权益分配机制，防止改革利益被具体的操作者侵占，成为方案制度设计者面临的重大挑战。

再比如在入市主体方面。余江县的集体土地主要分为乡镇集体、行政村集体和村小组集体三级所有，其中绝大部分集体土地为村小组集体所有。在村小组集体入市主体选项中，余江县的调查设置了村民事务理事会、村小组、委托乡镇人民政府、委托农村股份合作社四个选项。结果69%的受访者选择了村民事务理事会作为入市主体。他们认为村民事务理事会最能代表群众的利益，它是在宅基地制度改革过程中健全完善起来的村民自治组织，其成员是由各宗族、房族推选出来的，是其利益的代表和发言人。

但是，村民事务理事会的法律地位是不明的，它是否能够代表村小组集体作为集体土地入市的主体，存在一定的争议。

诸如这样的问题，一方面决定了余江的改革制度绝不能照搬其他县市区的经验和做法，另一方面，也给制度政策的设计者带来了难题。因此，在4天的龙虎山封闭酝酿中，7位制度设计者思维碰撞不断，有时为了一个措辞，争论得颇为激烈。

4天时间很快过去。在离开龙虎山那个小宾馆的时候，余江县三改办的7位改革者不负众望，带回了厚厚一摞相关制度。

入市方面，他们制定出了8项制度，分别是《余江县农村集体经营性建设用地入市暂行办法》《余江县农村集体经营性建设用地入市土地增值收益测算办法》《余江县农村集体经营性建设用地土地增值收益调节金征收使用管理实施细则》《余江县农村集体经营性建设用地使用权抵押融资管理办法（试行）》《余江县农村集体经营性建设用地入市公开交易规则》《余江县集体经营性建设用地入市监督管理制度（试行）》《余江县农村集体经营性建设用地入市批后监管办法（试行）》《余江县农村集体经营性建设用地入市操作流程》。

土地征收方面，制定出了7项制度，分别是《余江县土地征收目录》《余江县土地征收暂行办法》《余江县土地征收社会稳定风险评估办法（试行）》《余江县征地补偿安置争议协调裁决暂行办法》《余江县集体土地上房屋征收与补偿暂行规定》《余江县被征地农民就业安置实施方案（试行）》《余江县被征地农民养老保险实施暂行办法》。

另外，余江县2015年10月发布的《余江县人民政府关于调整全县征地统一年产值及征地补偿标准的通知》，也一并纳入了此次征地制度改革试点的制度体系。

上述这些制度，经过多次修改完善，与此前已经制定并实施的各项宅改制度，共同构成了余江县三项改革试点的整体制度框架，从而使得三项改革试点工作，全部进入了制度化的改革轨道。

至此，余江县集体经营性建设用地入市、土地征收制度改革试点，这两项新增改革任务，已完成了前期各项准备工作。

箭已上弦，改革一触即发。

四 三项改革启动

2017年1月6日，余江县委、县政府正式发布了《江西省余江县关于统筹协调推进农村宅基地、集体经营性建设用地入市、土地征收制度改革试点工作的实施方案》。标志着余江县自2015年3月开始农村土地制度改革试点，进入了第四个阶段——统筹协调推进"集体经营性建设用地入市和土地征收"试点。

2017年1月21日，余江县"模范工程"表彰暨农村土地制度改革三项试点工作启动大会在余江县电影院召开。

2017年2月23日，余江县三改办7人在龙虎山制定的集体经营性建设用地入市、土地征收两项改革试点共15项改革制度，由余江县农村土地制度改革三项试点工作领导小组办公室同时发布。集体经营性建设用地入市和征地改革试点，由此全面开始推行。

集体经营性建设用地入市改革试点做法

集体经营性建设用地入市，对于余江县来说是一个崭新的改革课题。在正式启动此项改革试点之前，余江县首先进行了集体经营性建设用地摸底调查，结果发现，改革启动前，余江县存量集体经营性建设用地2415亩，其中商业用地268亩，工矿仓储用地1456亩，公共管理用地269亩，其他土地422亩，宅基地有入市愿望的659亩，工矿废弃地有入市愿望的315亩。

仅从数据来看，余江县集体经营性建设用地存量一方面明显不足，另一方面，则是现存问题也比较突出。主要体现在以下几方面：

一、闲置严重。许多闲置土地都是二十世纪八九十年代成立的乡镇企业留下的，因为企业倒闭或变卖，有的土地已废弃、闲置了几十年。

二、私自改变集体经营性建设用地用途。许多已倒闭的乡镇企业，为保障自身利益，私下将集体经营性建设用地进行变卖，有的变卖给老百姓建房；有的未经批准擅自改成商业用途；有的出租给他人发展农村旅游项目。

三、存在集体经营性建设用地隐性流转市场。

四、集体经营性建设用地空间分布零星分散。很多地块面积较小，难以形成规模，不能满足大型企业的用地需求，不利于农村集体经营性建设用地入市交易。

梳理清楚了现状和问题，余江县的改革思路和做法也就比较明确了。余江县主要从五个方面构建了系统性的改革试点框架：

规范农村集体经营性建设用地产权管理。一方面允许农村集体经营性建设用地按出让、租赁、作价出资（入股）等有偿使用方式入市，赋予集体经营性建设用地与国有建设用地同等进入土地市场的权利，为农民集体经营性建设用地流转在制度上打开了通道，将集体经营性建设用地从此由"死资产"变成了"活资本"。另一方面，明确集体经营性建设用地入市应缴纳土地增值收益调节金，承担相应的基础设施建设和缴纳相关税费，履行与国有建设用地同等的入市义务。同时，为保证集体经营性建设用地权益，通过不动产登记、明确土地使用权人的权益等方式保障合法权益。

明确集体经营性建设用地入市主体。为充分尊重农民意愿和主体地位，把参与权、知情权、决策权赋予集体和农民，余江县结合本地实际，通过制定《余江县农村集体经营性建设用地入市暂行办法》，就乡镇集体、行政村集体、村小组集体三级所有权单位入市主体进行了初步探索。同时，建立了与各个入市实施主体相对应的民主决策程序。

探索集体经营性建设用地入市范围与入市途径。在入市范围方面，除了明确界定存量集体经营性建设用地，还将农民退出宅基地、废弃工矿用地、征地安置留用地纳入了入市范围，适当扩大了集体经营性建设用地入市范围。入市途径上，则设置了就地入市、调整入市、整治入市三种入市途径。

探索国家、集体、个人入市增值收益分配机制。通过差异化的土地增值收益测算思路和程序，余江县按照不同的区域、用途、入市方式，尽可能详细地分别确定国家、集体土地增值收益相应的分配比例。同时强化了收益分配和使用管理机制。

建立市场交易规则和服务监管制度。着重从入市交易程序、入市操作流程两个方面建立运转高效的市场交易机制；从入市程序监管、入市审批后监管上构建多方协同的监管服务机制。

这五点做法，完整体现在了关于入市的8个制度文件之中。余江县在农村集体经营性建设用地入市方面之所以能够取得较为明显成效，某种意义上说，是思路明确、路径清晰的"顶层设计"发挥了巨大作用。而这一切，同样也在土地征收制度的改革当中得到明确体现。

土地征收改革试点做法

土地征收制度改革试点，对于余江县来说也是个崭新的课题。因为余江县是一个农业县，土地开发强度较低、土地征收样本太少，客观上造成在征地方面缺乏成功经验和成熟做法，从而导致因征地而引起的信访量较大，征地矛盾较多。2016年以前，余江县涉及征地信访共计23件，主要涉及土地面积、补偿标准、资金金额等问题。

而这些矛盾和问题，也较为鲜明地暴露出此前余江县在征地过程中，存在的征地补偿信息公开制度不健全，征地程序不完善、缺乏征地协商环节，征地补偿标准和保障制度不健全等缺陷。

而此番征地制度改革试点，为余江县反思之前的问题和做法，制定出一整套科学、系统的征地制度，提供了极好的契机。

国土资源部对征地制度改革试点的任务主要有：缩小土地征收范围；规范征地程序；完善对被征地农民合理、规范、多元保障机制；建立土地征收中兼顾国家、集体、个人的土地增值收益分配机制。余江县的征地相关政策设计和具体做法，就紧紧围绕这四个任务展开。

统筹推进土地征收制度改革，缩小征地范围。为有效解决征地公共利益界定不清和征地范围过宽问题，按照缩小征地范围要求，余江县制定了土地征收目录，将国防、军事、能源等公共事业，政府性工程，以及土地利用总体规划确定的城镇建设用地，工业园区规划范围内开展的土地成片开发纳入土地征收范围。

同时，为解决好公民、法人或者其他组织认为土地征收范围不符合公共利益用地目录等具体行政行为侵犯其合法权益的担忧，余江县建立了公共利益用地认定听证会制度，对征地项目的公益性存在疑问或质疑的，可召开公共用地认定听证会制度，充分听取被征地农民、公众和专家意见，实现公共利益认定群众参与。

规范征地程序，实施阳光征地。为增强征地工作的透明度、规范土地征收程序，余江县主要通过：建立社会稳定风险评估制度；落实民主协商机制，保障被征地农民合法权益；健全矛盾纠纷调处机制，提供补偿安置争议化解渠道；强化征地信息公开，保障被征地农民知情权、参与权和监督权，这四个方面来稳步推进土地征收程序的阳光化。

健全被征地农民合理、规范、多元保障机制。为保障被征地农民生活水平不降低，长远生计有保障，余江县完善了土地征收补偿安置制度，一方面分区设置差异化补偿安置方式、探索留地安置方式，另一方面，为合理维护农民合法权益，进一步调整征地统一年产值标准，提高了土地征收补偿标准；同时，实行被征地农民养老保险实行社会统筹与个人账户相结合的办法，健全被征地农民养老保险机制。重点落实被征地农民就业安置问题，建立起农民就业的长效机制。

建立土地征收中兼顾国家、集体、个人的土地增值收益分配机制。通过《余江县土地征收增值收益在农民集体内部合理分配和使用的指导意见（试行）》《余江县农村集体土地增值收益分配指导意见（试行）》这两个改革文件，余江县明确了征收转用土地增值收益测算方法，建立起了多渠道分享土地增值收益的机制。另外，还通过民主决策土地增值收益分配、建立土地增值收益分配使用监管小组的方式，以健全土地征收增值收益分配管理制度。余江县从而建立土地征收中兼顾国家、集体、个人的土地增值收益分配机制。

通过系统、科学地设计制定改革制度和改革路径，农村集体经营性建设用地入市、土地征收两项改革试点，在余江县都取得了突破性的成果，基本形成了一套"可复制、利修法、易推广"的体制机制。

五 经典改革案例

首宗入市地块

2017年6月12日，集体经营性建设用地入市和土地征地改革相关制度发布刚过去四个月，余江县就诞生了第一个令人欣喜的成功案例。一宗面积为20亩的农村集体经营性建设用地，在余江县公共资源交易中心成功挂牌出让成交。该宗地块位于余江县平定乡洪桥村吴家小组，出让年限30年，土地用途为工业用地，成交价82万元，竞得者为一名上海的投资商。

这是余江县首宗入市成交的农村集体经营性建设用地，这宗土地的成功交易，标志着余江县"沉睡"的农村土地资产，终于获取了变现为发展资本的途径，农民长久享受土地改革的"红利"成为现实。

平定乡洪桥村吴家小组的这块地，原本为浙江一老板承包用作砖厂，后因经营不善及环保原因，废弃多年。虽然这块地对面就是余江县工业园区，但由于没有人出面牵线搭桥，村里也没有人脉资源可以盘活，因此这块地就一直废弃在那里，不知该如何处理。

"三项改革"启动之后，在余江县的改革制度设计下，农村集体经营性建设用地入市获得了合法的途径。洪家村吴家小组村民事务理事会以此为契机，积极调整规划，对该地块进行了确权登记，在县三改办的指导下，拿出了入市方案。随后，村里召开村民代表会议，经村民代表充分讨论、现场表决，一致同意入市，并形成了入市决议。

最后，这块地委托平定乡政府作为出让主体，在余江县公共资源交易中挂牌交易，经过几轮谈判，最终成交。

出让成功后，废弃多年的旧砖厂转型为电影设备制造，主打产品有音响设备、动感设备、音响工程及银幕制作等，第一期投资300万元，年产值可达1000万元，可解决20个农民工就业。该项目全部建成投产后，可实现年纳税100万元。

灵溪小镇游客服务中心

平定乡洪桥村吴家小组的这块地，是存量集体经营性建设用地入市的典型案例。而在余江县名气颇大的灵溪小镇，其1000平方米的游客服务中心建设，则是利用零星、分散的集体经营性建设用地调整入市的典型案例。

这块地，原本是杨溪乡杨溪村管溪小组宅改后复垦的宅基地。根据余江县在确保建设用地不增加、耕地数量不减少、质量有提高的前提下，鼓励零星、分散的集体经营性建设用地，根据土地利用总体规划和土地整治规划进行整合调整，可以在全县范围内调整到一定区域集中入市的规定，该地块调整到灵溪小镇以旅游用地属性进行入市。

该地块2018年2月提出入市申请，6月24日入市成功。采取协议租赁入市方式，租赁期限20年，总租金7.3万元。

锦江镇铁山村利用退出宅基地入市

锦江镇铁山村上陈组闲置地块的入市，是利用退出宅基地进行入市的典型案例。该入市地块面积为320.5平方米，评估价为2.08万元，出让年限为50年。该村将村民"一户多宅"退出的宅基地收回集体后，以协议方式出让给本村乡贤回乡创业企业——余江县宏鑫特种水产养殖有限公司用作仓储用地，发展水产养殖。该企业以泥鳅、观赏鱼养殖为主，养殖规模为100余亩，年产值为900余万元，净利润为40余万元，带动当地就业50余人。为地方经济发展起到促进作用。

该宗地块的出让，既解决了退出的大量闲置宅基地综合利用的问题，也为小企业提供了发展空间，还让村集体获得了收益。

以上这几个案例，一定程度上反映了余江县在农村集体经营性建设用地入市方面的可贵探索。面对农村大量的以不同形式所有权存在的零散地块，余江县创造性地设计出了就地入市、调整入市等多种入市方式，全面激活农村土地资产，增加农民集体财产性收入，提升存量农村集体经营性建设用地价值和利用效率，既为"全民创业，万众创新"提供了发展空间，也为农业物流仓储、农产品初加工、乡村休闲旅游、健康养老、家庭工厂、手工作坊、扶贫车间、电商等新产业新业态的发展提供了载体，为乡村产业振兴提供了用地保障。

截至2018年12月，余江县已完成农村集体经营性建设用地入市8宗，土地出让面积为92.84亩，土地成交价款566万元。

在土地征收方面，按照新的土地征地制度，截至2018年12月，余江县完成征地项目3个、面积2099亩。征地用途全部用于公路、光电等公共利益项目，在缩小土地征收范围和规模上取得明显成效。

六 第五批宅改

"三块地"改革第二次提速

2017年11月，余江县第四批宅改进入了攻坚与扫尾阶段。第四批宅改试点完成之后，余江县宅改将在全县实现城镇规划区之外的908个自然村的全面覆盖，占比接近全县全部自然村的90%。余江宅改基本上大功告成，即将面临国家的验收。

同时2017年底，也是国家"三块地"改革原定的截止时间。在全国33个试点县市区展开并持续三年的"三块地"改革，也将面临大考。

恰逢这关键时刻，"三块地"改革时间表却出现了大变化——继2016年9月"试点联动"第一次提速之后，2017年11月进行了第二次提速。

2017年11月，原中央全面深化改革领导小组决定将宅基地制度改革拓展到全部33个试点县（市、区）。为更好显示农村土地制度改革三项试点工作的整体性、系统性、协同性和综合效益，与《土地管理法》修改工作做好衔接，2017年11月4日，十二届全国人大常委会第三十次会议决定，授权在试点地区暂时调整实施有关法律规定的期限延长至2018年12月31日。

在"三块地"改革历程中，2017年11月的决定，既是改革的第二次提速，也是在改革时间安排上的首次延期。

第五批宅改试点：城镇规划区内的宅改探索

"三块地"改革的首次延期，为余江县的深化改革提供了机会。一方面，余江县自2016年9月开始的"三块地"改革之中的农村集体经营性建设用地入市和土地征收制度改革两项改革试点，获得了较为充分的改革转圜时间，从而可以收获、积累更多的改革案例和更多成功的改革经验。另一方面，余江已经进行了三年的宅基地制度改革试点，同样获得了继续深化、巩固的宝贵时间。

余江县共有1040个自然村，其中908个处于城镇规划区外，132个处于城镇规划区内。余江县2018年之前的近三年宅改，全部是在城镇规划区外展开的，并未涉及规划区内的那132个村庄。

余江县之所以这样开展宅改，当然有其出于现实的考虑。其中最突出的，就是城镇规划区内的宅基地因城镇规划而出现的隐性市场、地理位置独特、房屋价值较高、使用情况复杂等因素。显然，在城镇规划区内搞宅改，利益调整触动更大、情况更为复杂，实际操作和推进也会更加困难。

这种情况从本质上决定了，尤其是在宅改初期，在相关制度、经验以及推进方式尚未形成成熟、系统的做法的时候，不能也无法在这样的村庄展开。

但是在宅改进行了近三年之后，情况则发生了变化。在余江县看来，首先，已经推行三年的宅改积累了大量的行之有效的经验、制度和做法，在政策机制支撑以及现实操作上，已经有能力处理城镇规划区内宅改所将要遇到的挑战。

其次，三年宅改让余江的村庄无论村容村貌还是村民的精神状态，都发生了翻天覆地改变和提升。群众已经看到、体会并享受到了宅改给生活带来的好处。这为在城镇规划区内开始宅改，既奠定了坚实的改革基础，也提供了可以预想和对比的样板。

两相对照，由于处于城镇规划区内，很多村因受制于规划无法随意拆旧建新，更无法调整村庄布局，所以尽管土地价值不菲，村容村貌却大多破烂不堪。守着金山银山却住在破旧的房子和村子中，很多村民也心生怨言，意见很大。可以说，城镇规划区内自然村也存在着浓厚的宅改愿望和需求。对美好生活的向往，人人心同此理。

这种愿望，是宅改强大的民意基础。余江县的改革者真切地看在眼里。

另外，余江县的宅改在全国试点地区中也走在前列，已经名声在外。不少兄弟县（市、区）纷纷来余江参观考察、学习宅改经验，中央、国土资源部和各省市领导，多次来余江视察、考察，充分肯定余江取得阶段性改革成果的同时，也提出了"全域推进"的明确要求。而余江县从宅改启动之时，就下定决心真正推进改革，"做景观，不做盆景"。

如此情况之下，城镇规划区内那132个村庄的宅改迟迟不动，就成为余江县改革者的心病。恰好，"三块地"改革延期一年，余江县获得了启动城镇规划区内宅改，也即第五批宅改试点的时间。

对于城镇规划区内132个村庄宅基地的情况，余江县在之前即已调查摸底清楚，并且针对各自不同的情况，分别拟定了宅改计划：

一是在城市规划核心区内有25个自然村，农村宅基地具有以下特点：无"一户多宅"；无房户多；极个别"一户一宅"超面积；二十世纪七八十年代大量城市居民在村集体土地上购买宅基地建房，并办理了相关权证，现在外来户与村民混居在一起；住宅和附属房密集且在日常使用。

针对这种情况，余江县决定在核心区采取棚户区改造和保障房政策，以确保户有所居。

二是城市规划核心区外的自然村有9个，农村宅基地具有以下特点："一户多宅"户数多；无房户多；"一户一宅"超标准面积多；宅基地买卖少；空心房、危房、闲置的附属房多；房屋比较分散。

对于这9个村庄，余江县也将之纳入了第五批宅改。

三是乡镇规划区内自然村有63个。其中31个作为棚户区进行改造，另外32个村纳入第五批宅改。

由此，余江县在城镇规划区内展开的第五批宅改，共有41个自然村参加先行先试宅改试点。

为保障第五批宅改试点顺利推进，余江县三项试点办公室详细拟定了工作推进的时间节点。按照计划，2018年3月出台改革实施意见，同时启动第五批宅改；4月，第五宅改试点取得实质性进展；7月，完善相关试点；10月，组织对第五批宅改试点村进行验收；11月，开始全面系统地总结三项改革试点的相关经验，调整、完善制度办法，形成总结报告和修法建议。

2018年3月15日，《余江县加快推进第五批城镇规划区内农村宅基地制度改革试点工作的指导意见》（以下简称为《指导意见》），由余江县农村土地制度改革三项试点工作领导小组办公室正式发布。余江县第五批城镇规划区内的宅改，正式拉开帷幕。

鉴于城镇规划区内的村庄情况极为复杂，《指导意见》明确要求第五批宅改试点的工作方案，实行一村一策或一乡（镇）一策。方案制定之后，报县农村土地制度改革三项试点办备案，方可予以实施。同时，《指导意见》还对宅改方案的具体内容，也做出了硬性要求。要求必须包含以下内容：一、宅基地基本情况，包括试点村总户数、"一户一宅""一户多宅""一户一宅"超面积、猪牛栏等畜禽舍、户外厕所、废弃倒塌房屋等情况；二、宅基地退出办法；三、宅基地有偿使用办法；四、宅基地安置办法；五、宅基地改革目标。

《指导意见》的改革思路，很明显延续了之前宅改的成功做法。而其最值得重视的亮点，则是对宅改村民的安置思路和相应办法。

由于城镇规划区内村庄宅基地极为紧张且价值不菲，余江县第五批宅改村的村民安置，采取了集中建公寓楼（县城现状建成区内实行公寓楼安置）或者联排的安置方式。建筑设计，则在充分征求群众意见的前提下，采取统一规划、统一户型。

例如，邓埠镇的宅改工作方案就明确提出：规划核心区内村庄实行"棚改"的，按其安置政策执行；实行宅改的，则一律实行公寓楼安置。

而对于规划核心区外的村庄，根据退出宅基地的情况，在不突破村庄原有规模的前提下，通过调整规划，允许符合建房条件的村民实行公寓楼或联排方式安置。

同时还规定，实行联排安置的，每户宅基地不得超过80平方米；实行公寓楼安置的，每户建筑面积不超过140平方米（包括柴火间）；实行村民自建的，则建房规划、户型等其他要求按照余江县有关规定执行。

以上是县以及乡镇层面的宅改安置办法，而具体到村一级层面，各村则根据各自的情况，在符合县、乡镇宅改要求的前提下，自行决定采取何种安置方式。比如邓埠镇倪桂村五里岗小组，是一个处于县城规划区内的自然村，该村的宅改安置就采取了联排安置的方式。该村在其宅改工作方案要求，"按村庄规划要求，实行联排联建，每户宅基地不得超过100平方米"。因为联排需要村民自建，因此工作方案又做出规定："要求统一面积、统一户型，由村民事务理事会配合镇国土资源规划所到场放线，组织建房户下脚并打好地梁。户型按照县有关规定执行。"

应该说，各层级的宅改实施计划制定得已经较为详细，但是城镇规划区内村庄的情况的确过于复杂，第五批宅改试点过程之中各类问题层出不穷。问题焦点，大多集中在宅基地的处理方面。主要原因就是因为城镇规划区内的土地价格高、使用情况盘根错节，宅改对个人的利益触动较大。在第五批宅改进行了几个月之后，针对宅改中的突出问题，余江县于2018年6月11日又发布了一份《规划区内农村宅基地制度改革试点工作补充意见》（以下简称《补充意见》）。该《补充意见》结合规划区内的不同情况，对"因村施策"进一步做出了详细指导。细致到甚至对建筑的外立面、层数都进行了规定。

潢溪镇万山村上渭洲组的宅改安置，就典型反映了《补充意见》细致到何种程度。

潢溪镇万山村上渭洲组位于镇规划区范围内，为妥善安置符合建房条件的房屋拆迁户，该村按照村庄规划，采用统规统建方式集中安置了23户，以"差异化定价+抓阄确定"方式分配宅基地，再由集体经济组织统一规划，组织统一的施工单位建设，每栋房屋占地面积在80平方米至100平方米之间，并要求统一外立面，统一限定建设层数为3层半。

第五批宅改，是余江县自宅改以来最为艰难的一批。但是通过41个村的宅改试点推进，对于如何处理、推进城镇规划区内的宅改，余江县也获得丰富的经验，形成了系统化的政策机制。截至2018年12月，城镇规划区内试点村41个，已验收7个，完成17%。

而就全县范围而言，到2018年底，全县改革试点村949个，通过验收906个，占试点村总数的95.5%；已退出宅基地34226宗，面积4573亩，其中退出后的宅基地复垦991亩；已有323户农户退出宅基地或放弃建房进城购房落户；对7968户农户收取宅基地有偿使用费1133万元；为670户农户发放农民住房财产权抵押贷款5251万元；已编制7个行政村土地利用规划；已完成农村"房地一体"权属调查，为

631户农民发放"房地一体"不动产证。

从上述数据看，截至2018年12月，余江县已基本完成中央部署的农村宅基地改革任务。

中童镇瑶池祝家村：余江县第一大自然村的宅改

中童镇的瑶池祝家村，是一个非常有意思的村子。首先是村子的历史悠久。该村自祝氏琳德公迁居此地至今已有700余年，繁衍后代三十五世，现在世共有八代。村东有一棵古樟，村西则有一口古井，它们交相辉映，共同见证了祝家村的发展与变迁。其次，该村是目前为止，鹰潭市乃至全江西省最大的纯姓村庄。全村共有2100户、9500人，全部为祝姓。

瑶池祝家村位于信江河畔，距离鹰潭市区1.5千米，206国道、鹰西大道穿境而过，鹰潭（余江）国际商贸园区坐落其中，水陆交通优势非常明显。由于人均耕地少等诸多历史原因，二十世纪五十年代初期，整个瑶池祝家村分为以务农耕田为主的瑶池村和以捕捞打鱼为主的水上村。在内部，又进而细分为11个村小组。

虽然由两个村级组织进行管理，但村民居住是相互融合在一起的。特别是老村，大部分房屋是二十世纪六七十年代所建，不仅破陋不堪，而且占用了大量土地资源，严重制约了瑶池祝家村的发展。

2018年5月，瑶池祝家村启动宅改，6月9日正式开始拆除退出，仅用不到一个月时间就完成了退出拆除工作，退出拆除房屋1149栋、面积约9万平方米。

在如此之短的时间内，作为城镇规划区内这么大的一个村庄，瑶池祝家村顺利完成宅改，的确值得深思。

启动宅改之时，瑶池祝家村面对的宅改形势并不乐观。一是人口多，全村人口接近一万人。二是土地价值不菲。全村人多地少，土地大部分集中在瑶池村委会，水上村保留土地甚少。加之地理位置优越，尤其是近年来鹰潭（余江）国际商贸园区开发建设，村内每寸土地都在不断增值。村民在征地、拆迁安置、工程项目中享受到了土地带来的巨大收益，村内一栋宅基地隐形市场流转价高达二三十万元。如此高昂的地价，宅基地的退出和分配，客观上面临巨大压力。

有利因素方面当然也很明显。瑶池祝家村人才辈出、经商氛围浓厚。祝氏人士大多具备卓越商业头脑，全村遍布在俄罗斯等境内外的经商人员近6000人。开明、开放的特质，在瑶池祝家村体现得淋漓尽致。

宅改启动之前，瑶池祝家村对全村宅基地情况进行了全面调查摸底，全村共有"一户一宅"1255户，"一户多宅"280户，"多户一宅"375户，无房户190户，户均面积80平方米。

在宅改的具体工作程序上，瑶池祝家村和其他宅改试点村大同小异。首先是组建村民事务理事会。在全村范围内采取自上而下与自下而上相结合的方式充分酝酿讨论理事人选，经过5次反复酝酿，讨论产生了理事长3名，理事32名。理事中既有年近90高龄的长者，也有年富力强的后辈。这个理事会，在村"两委"的领导下，坚持村民主体地位，让村民的事村民自己办，集体研究、集体讨论、集体决策，在宅改中发挥了巨大作用。

其次是充分酝酿适合本村的宅改制度。尽管同为祝氏后裔，但土地对于两村尤其对于水上村而言，深深牵动着群众的切身利益。为此，中童镇党委、镇政府先后6次召集两个村委会的干部共同研究讨论具体办法、统一思想。村里先后召开理事会议15次，充分酝酿制度办法。前期讨论的几套制度办法在全村范围内征求意见的基础上逐步予以修改，如此不断反复，最后在保障农民利益的前提下制定了土地记账式管理的制度办法，并以宅改理事会名义在全村范围内予以公告。

其他具体的宅改推进措施，例如宣传发动、公平公正操作等，瑶池祝家村大体遵循了和其他"宅改村"一样的标准做法，在此不再赘述。

值得一提的是瑶池祝家村的"宅票"制度。

瑶池祝家村在宅改拆除退出工作中，村民没有拿一分钱补偿。这种情况在余江县的宅改中绝无仅有。甫一听到，让人极为惊讶。

没有一分钱的补偿款，群众为什么还能够自愿退出自己的房屋？瑶池村委会主任书记祝国太介绍，宅改中，瑶池祝家村极具创新的记账式管理方法，也即"宅票"，解决了所有的问题，在宅改中发挥了巨大作用。

"宅票"，顾名思义就是宅基地使用权权益凭证。其根本原则就是"确基不确地"，流动范围局限于本村庄。

"宅票"的面积和使用范围，根据村庄理事会制定的方案和村庄总体规划，扣除路网和群摊面积后按比进行补还。同时，村里对安置对象以及不符合安置条件的对象严格把关。符合安置条件的，可以凭"宅票"由理事会统一安置建房，不符合安置条件的，可以凭"宅票"在村内进行流转，既可整块流转也可分割流转，并由理事会做好流转记录在"宅票"上确认。

正是因为"宅票"有上述功能，它无疑给村民吃了一颗定心丸，所以村民也就放心让理事会把房子拆掉，也自愿把空心房退出来由集体进行统一安置。

瑶池祝家村宅改工作大致分为"退、分、管、建"四部曲。除了"宅票"这样的改革创新手段，不但有力推进了宅改进程，而且"退得放心、分得公平、管得灵活、建得漂亮"，这便是瑶池祝家村能够快速、顺利推进整个宅改的关键所在。

08

第八章

乡村振兴的"余江之路"

一 收获的季节

2018年11月3日—4日，由自然资源部^①咨询研究中心组织的"农村宅基地等三项制度改革深化与创新"专家研讨会在余江召开。来自自然资源部、中国社会科学院、中国工程院、清华大学、中国人民大学等机构的专家学者共40余人齐聚余江。经过近四年的改革试点，经历了无数坎坎坷坷，克服了无数艰难与挑战，自2015年3月开始在余江县次第展开的农村宅基地制度，以及农村集体经营性建设用地入市和土地征收制度三项改革试点，终于迎来了丰收的季节，也由此开始了深入的经验总结、提炼。

中共十八届中央纪委委员、十三届全国人大社会建设委员会委员、人民日报社原副总编辑谢国明

---

① 2018年3月13日，根据第十三届全国人民代表大会第一次会议审议的《国务院关于提请审议国务院机构改革方案》的议案，组建自然资源部，不再保留国土资源部。

在这次研究会上说：余江宅改中，村民事务理事会发挥了重要作用，通过协调民主的方式确实实现了民主和自治，充分体现了"群众利益无小事"。探索了集体土地所有制的实现形式和路径，规范了改革管理秩序。余江推进改革以及总结经验都比较及时，形成了一套有益的制度机制。宅基地改革的难度非常大，但余江做到了并实现了全域推广。

中国工程院院士、深圳大学教授郭仁忠说：余江试点具有担当、有序、系统、和谐、民主、惠民六个特点。一是高度担当精神，余江区委、区政府能够抓住社会发展的问题和重点主动探索；二是工作推进有序，有顶层设计、同步实施，逐步推进，过程井然有序；三是运用系统性的组合工具，兼具了行政、经济、法律手段，更难得的是"乡贤"等道德层面的引导；四是高度和谐，改革只要从老百姓的切身利益考虑，就能凝聚力量，形成合力；五是民主村民自治，对农村的治理模式是一个成功的实践与探索；六是实实在在惠民，村貌逐步提升，百姓的生活得到改善。

全国人大财经委员会委员、清华大学政治经济学研究中心主任、教授蔡继明说：余江"一改促六化"探索经验继承和发扬了历史传统，具有可推广性。余江以农村宅基地制度改革试点为主线，系统推进农业发展现代化、基础设施标准化、公共服务均等化、村庄面貌靓丽化、转移人口市民化、农村治理规范化"一改促六化"的美丽乡村建设，最大限度地释放了改革的乘数效应。尤其是发挥返乡"乡贤"、村民事务理事会作用，坚持"一户一宅"法定标准等做法，继承了历史传统又有所创新。

中国社会科学院农村发展研究所研究员党国英说：余江宅改可称为成功的公共政策，公共财政发挥了正面杠杆作用。衡量一个公共政策的好坏，可从是否促进效率提升、公平平等、社会稳定、可持续发展机制四方面来判断，余江宅改可以说非常出色。改革过程中的实际投入远小于其改革的成效和收益。余江原先没有集体经济，在进行宅改后，才有了集体经济，村集体财产预先起到了良好、有序的杠杆作用。

著名三农学者、三农问题评论家洪巧俊说：公平是群众最大的获得感，改革符合老百姓的期望。余江宅改的最大特点就是让人民群众在宅改的过程中有参与感、获得感。其做法就是村民的事让村民办，引导村民形成自己的组织，从而进行协商民主。比如在农村宅基地制度改革中，理事会通过引导群众参与村庄规划，充分尊重群众意愿，让村民真切感受到未来村庄发展空间和美好景象，增强了群众参与支持改革的内生动力。这种做法更能体现村民的主体地位，真正达到了村民讲话有人听，农村建设有人理，村民事务有人管，村民决策有落实。这种可行的村民自治模式，也保障了基层群众的知情权、参与权、表达权、监督权，推动了宅基地制度改革落地见效。

中国人民大学公共管理学院教授吕萍说：余江坚持"一户一宅"，面积法定，让村民之间的矛盾得到化解。充分利用和发挥了宗族与乡贤的作用，最大限度地动员了社会力量，团结一切可以团结的力量。通过宅改改善了百姓的生活，促进了乡村振兴和城乡融合，实现了政策主体的共同目标，共同的理想。

截至2018年底——

宅基地制度改革试点方面，余江县已分五批在全县1040个自然村全面展开宅改，其中城镇规划外试点村908个，已通过验收899个，占试点村数量的99%；城镇规划区内自然村97个，其中41个自然村开展宅改，已验收试点村17个，另外56个则属于搬迁移民新村或城市规划建成区参与棚改的村庄。

全县共退出宅基地34226宗、4573亩，其中有偿退出7687宗、1073亩，无偿退出26539宗、3500亩，退出宅基地可满足未来15年左右农民建房需求，退出宅基地复垦991亩。村集体收取有偿使用费7968户、1133万元；集体支付退出补助款2033万元；323户农民退出宅基地或放弃建房申请进城购房落户；发放农民住房财产权抵押贷款5251万元。

在宅基地制度建设上，余江县在县级层面出台了《农

村宅基地有偿使用、流转和退出暂行办法》等23项宅基地
管理制度，乡镇层面出台了《村民事务理事会宅基地管
理工作考核评比办法》等11项运行办法，村组层面制定了
《集体经济组织成员资格认定》等9项实施办法，形成了较
为完善的县、乡、村宅基地管理制度体系。

农村集体经营性建设用地入市方面，余江县通过《余
江县农村集体经营性建设用地入市暂行办法》等9项制度
文件，形成了一整套程序严谨、制度规范、流转顺畅的集
体经营性建设用地入市程序。同时开展了集体经营性建设
用地入市家底调查、入市意愿及市场诉求调查；编制了锦
江镇等4个乡镇集体土地基准地价体系，并正在启动其他7
个乡镇的基准地价体系编制工作；开展了集体经营新建设
用地确权登记工作，保障集体土地入市各方主体的合法权
益，提升集体土地入市竞争力；已完成集体经营性建设用
地入市8宗，土地出让面积为92.84亩，取得出让价款566万
元，土地增值收益25.96万元。

在土地征收制度改革试点方面，按照国家改革要求
同时结合地方实际，余江县建立了包括《余江县统筹协调
推进农村宅基地、集体经营性建设用地入市、土地征收制
度改革试点工作实施方案》《余江县土地征收目录》等9
项政策文件在内的征地制度体系，通过科学论证确定征地
范围，建立土地征收风险评估和民主协调调处机制，畅通
了村民诉求渠道，健全征地程序，加大了信息公开力度，

建立完善了留地、创业、就业、社保等多元保障措施，保障了被征地村民的长远生计。截至2018年底，余江县按照新的土地征收办法征收土地2099亩，其中拨付土地补偿费6499.6万元。

从宏观角度来审视，可以说，截至2018年底，余江县的三项改革试点已经基本完成了国家布置的改革任务。

二 三项试点的"余江模式"

　　不到四年的短短时间，余江县在三项改革试点上就取得了如此丰硕的成果，一方面得益余江县改革者坚韧的开拓精神和不畏艰难的改革创新精神；另一方面，他们的许多推进改革的做法也耐人寻味、不可忽视。

　　简短归纳一下余江县推动三项改革的相关做法，我们能够发觉其中所展示的改革者的改革智慧，更能清晰感受到独具个性的"余江模式"。

　　总体而言，余江推动三项改革试点的"余江模式"主要体现在以下几个方面。具体来说——

　　宅基地制度改革试点方面，可以归纳为九个工作要点：一是坚持导向，守住底线。所谓坚持导向，最主要的是坚持问题导向和目标导向。在明确余江农村宅基地存在的主要问题，从而为改革的制度设计奠定基础的同时，余江县坚持"盘活存量、规范增量、保障权益、扩大权能"的改革目标，牢牢坚守底线，确保社会和谐稳定。

二是夯实基层，打牢基础。为了顺利推进宅改，余江县编制完成了116个行政村村庄总体规划和1040个自然村村庄建设规划；完成了全县92350宗农村宅基地地籍测量，开展了"房地一体"的农房权属调查。尤其是，在全县1040个自然村全部建立完善了村民事务理事会，宅改中充分发挥村民自治作用，集体研究、集体讨论、集体决策，做到"农民的事农民自己办"。

三是宣传发动，凝聚共识。余江县极其重视创新宣传模式，采取微信、微电影、电视、报纸、专家辅导会、集中培训会等多种宣传形式，广泛宣传宅改政策以及宅改给村庄带来的美好前景，做到家喻户晓、妇孺皆知，达成全县人民对于改革的共识。同时实行包村负责制，改革工作者吃住在村组，形成了四套班子齐上阵、县乡村组抓落实、村民自治促改革的工作局面。

四是封闭培训，制定制度。封闭培训酝酿制定制度，是余江县宅改的一项非常成功的经验。组织镇村干部、理事会成员封闭培训、集中酝酿，可以在较短时间内制定出改革的主要框架性制度机制，从而大大加快了改革推进、提高了工作效率。余江县的整个宅改中，县、乡、村组分别制定了23项、11项和9项宅基地管理制度，形成了17项集体经营性建设用地入市和土地征收制度。同时还制定了土地增值收益分配指导意见和集体"三资"管理办法，保障了村民公平分享土地收益的权利。真正做到了让改革制度

"上通天线、下接地气"。

五是审慎稳妥，分步实施。最为典型的就是有序、分批推进宅改试点，第一批选择41个自然村先行先试，探索方法；第二批选择20个行政村"整村推进"，完善制度；第三批在96个行政村的50%自然村推进改革，实现行政村全覆盖；第四批实现规划区外自然村全覆盖，构建成熟制度机制；第五批在城镇规划区内41个自然村开展试点，全面总结完善，形成改革实践成果。

六是公平公正，精准施策。能否真正做到公平、公正、公开，决定了宅改能否顺利地推行下去。在余江县的宅改中，党员干部、村民理事带头宣传宅改政策、带头退出自家"多宅"、带头拆除超占面积、带头缴纳有偿使用费、带头做亲属思想工作、带头为村里做实事办好事，引导带领群众积极支持、踊跃参与宅改，形成了由"要我改"向"我要改"的转变。同时引导鼓励广大乡贤为改革试点出资、出智、出力，150多位乡贤投身宅改、捐助宅改，从而为宅改注入了强大的改革"正能量"。

七是上下联动，严控违建。通过宅改，余江县完善了建房审批、监管、巡查、问责机制，落实和强化了理事会在宅基地管理中的主体地位，严把建房的"七道关口"，强化批前、批中、批后监督，落实了建房"四公开、四到场"等制度，确保了违章建房"发现在初始、解决在萌芽"，形成了"党委领导、政府负责、部门协同、上下联动"的宅基地管理新格局。

八是统筹协调，强化投入。余江县宅改的一个突出特点，就是以宅改为切入点和突破口，将宅改全面升级为农村治理和乡村建设。在宅改第二阶段，余江县即以宅改结合了美丽乡村建设。而在宅改第三阶段，更是将宅改全面融入到"一改促六化"当中，以农村土地制度改革为统领，全面推进农业发展现代化、基础设施标准化、公共服务均等化、村庄面貌靓丽化、转移人口市民化、农村治理规范化。加强了与土地整治、精准扶贫、农业产业化发展、古村落（古建筑）保护、新农村建设等重点工作和农村集体产权、户籍等改革的衔接。

九是高位推动，勤做指导。国家以及江西省、鹰潭市，多次在余江召开现场推进会，有力促进了改革的进展。余江县委、县政府先后召开了14次四级干部会，实行了县领导挂点乡镇、县直单位帮扶村组、乡镇领导包干村组、县宅改办挂乡包村、工作组驻村包组负责制，开展了系列评先评优等活动。每日一汇报、每周一调度、每旬一督查、每月一排名，这些具体的推动措施，有效保障了改革的顺利推进。

集体经营性建设用地入市试点方面，则是以精准措施求突破。具体做法有五点：

一是积极探索多元入市主体。在制度设计上，分别明确属乡镇、行政村、农民、村小组集体所有的，由乡镇人民政府、村委会、村小组的村民事务理事会代表集体行使所有权并作为入市实施主体，从而提高了入市的公信力。

二是丰富多种入市路径。在充分调研、尊重民主意见的基础上，在坚持符合规划、满足意愿、因地制宜、效益最大的前提下，余江创造性地划分并确定了就地入市、调整入市、整治入市多种入市方案，由入市主体合理选择入市途经。同时鼓励偏远欠发达地区的集体经济组织与地块区位条件较好的地块集体经济组织合作集中入市，从而实现资源共享。

三是建立城乡统一的建设用地市场。制定集体经营性建设用地入市申请、审批、交易、登记发证工作流程，交易统一进入县公共资源交易中心。编制集体土地基准地价，建立了集体经营性建设用地定价体系。引入第三方服务机构，培育了集体经营性建设用地测量、评估等中介机构。制定相关制度，建立起与国有土地同等的监管体系。基本实现了集体土地与国有土地同权同价，形成了城乡统一的建设用地市场。

四是科学制定增值收益分配办法。按照比准价格法测算不同区位、不同用途土地增值收益调节金比例，考虑不同用途、不同区位政府投入的基础设施配套费用，综合确定不同区域工业用地、商服用地收取比例，以此实现不同区位、不同用途土地"入市"收益的大体平衡。通过调节金的调整，兼顾国家、集体、个人合理公平分享土地增值收益，以此保护国家利益、壮大集体经济、增加农民收入。

五是强化集体经济组织收益分配管理。建立收益分配民主决策机制，集体经济组织在乡镇政府和村"两委"的指导下，充分征求群众意见，合理制定收益分配方案，经村民会议或村民代表会议通过，将村集体公益金提取、资金使用在本集体经济组织内部进行公示，保障了集体经济组织成员对收益分配、使用的知情权、参与权、监督权，形成了集体经济组织收益分配、使用的长效机制。

土地征收制度改革试点方面，主要是以机制强化保障。具体有四点：

一是统筹推进，缩小征地范围。按照缩小征地范围的要求，结合余江县实际，制定了土地征收目录。除国家、省重点工程外，城镇规划区外经营性用地一律不予征地，而是利用集体经营性建设用地入市政策解决用地需求。此举既实现了国家所要求的缩小征地范围，也为集体经营性建设用地提供了入市市场。

二是规范程序，阳光征地。余江县在土地征收制度改革试点中，极为注重以制度保障征地工作的透明度，保障被征地农民的知情权、参与权和监督权。为此，余江县在改革中建立了社会稳定风险评估制度、民主协商机制、矛盾纠纷调处机制；新建了征地管理系统，统一征地程序、征地步骤、文书格式，在县门户网站设置了"征地信息"

专栏，主动公开土地征收批准文件、征地告知书、征地公告、征地补偿安置方案公告等方面的内容。

三是合理补偿，维护农民合法利益。按照征地补偿标准，余江县以有资质的评估机构对附着物和青苗补偿的评估作为补偿依据，同时制定集体土地上房屋征收与拆迁补偿安置办法。另外，在城市规划区内拆迁农民合法住房，则实行货币补偿和产权调换两种方式补偿，实行产权调换的还必须要符合"一户一宅"。

四是多元保障，落实被征地农民权益。余江县制定一系列保障被征地农民合法权益的制度和办法，保障被征地农民生活水平不降低和长远生计。比如制定了相关制度，强化养老保险社会保障。政府主动搭建平台，主动为被征地农民开展就业、创业培训，推荐被征地农民在园区、用地单位、政府公益性岗位就业，同时还实行了村小组留地安置的保障措施。

上述这些机制和措施，创造性、全方位地搭建了农村土地三项改革试点的制度体系，正如许多到余江县考察调研的专家学者所总结的，余江的改革制度"上接天线、下接地气"，以其极强的针对性和可操作性，构成了改革大框架上特点鲜明的"余江模式"。

乡村治理发展的"余江之路"

　　通过四年的改革，余江县究竟得到了什么？余江的农村究竟发生了什么变化？每一个慕余江大名而来参观考察学习改革经验的人，恐怕都怀揣着这样的疑问。

　　在2018年，如果你走在余江的乡村，有时可能会被正在进行宅改拆退危旧房、空心房的场面所震撼，有时又可能会被花木成行、绿树成荫的村庄所感动。之所以有这种多种感受交织、变幻的心情，实际上很直观、感性地捕捉到了余江农村四年来的变化。宅改、农村集体经营性建设用地入市、土地征收制度这三项改革试点，从改革的层面来说，都是很宏大的叙事，但落脚到余江的乡村，却又是很现实的命题。

　　因此，通过四年改革，余江究竟得到了什么？余江农村究竟发生了什么变化？虽然看问题的角度有所不同，但之于余江来说，通过农村土地制度改革，逐步解决了农村凋敝、故乡沦陷、资产沉睡等一系列问题，应该是余江从改革中所获得的最大收获，也是余江农村经改革而浴火重生的最大变化。

简单来说，余江县通过改革，初步实现了乡村振兴。

在改革中，余江最让人感动，最让人印象深刻的是始终坚持"村里的事村民办"，积极发挥村民事务理事会的主体作用。全县1040个自然村都遴选出一批有声望、处事公正的党员干部、乡贤能人、村民代表等组成的村民事务理事会，让村民做主，靠协商民主解决问题。整个改革过程中，村民事务理事会也履职尽责不负众望，充分发挥了民主管理和前沿堡垒作用，成为顺利推进改革的关键力量。

尤为重要的是，余江县的村民事务理事会完全不是一般意义上的"一事一议"的村民事务理事会，它实际是一种改革中诞生的新型乡村自治组织。通过"村里的事村民办"，余江县的村民事务理事会激活了农村基层治理，打造了基层协商民主决策的样本，提高了乡村文明素质和社会文明程度，加强了农村基层组织建设，提高了乡村基层治理能力，为实现乡村振兴奠定了扎实基础。

在观瞻上，余江县改革以来农村发生的显著变化，当属农村人居环境的改善。改革之前，余江农村宅基地存在"多、大、乱、空、违、转"等问题，导致政府基础设施和公共服务设施难进村，农村居住环境"脏、乱、差"情况十分严重。借助农村土地制度改革契机，宅基地退出为村庄建设发展腾出了空间，试点村乘势大力实施美化、绿化、亮化工程，道路拓宽硬化，沟塘清澈明亮，村村有活动场所，处处有绿化景观。政府也整合资金2亿多元，帮助完善农村进村道路、供水供电、信息通信、文化休闲、教育卫生等基础和公共服务设施，村庄环境明显改善，村容村貌焕然一新。

盘活农村土地资产上，余江县通过改革试点，一定程度上释放了农村土地资产价值，拓展了农民家庭生计的来源结构。在现行的农村土地制度框架下，由于缺乏制度支撑，农村集体土地权能尤其是收益权无法释放，土地的资产属性难以体现。为解决集体土地由资源向资产转变的制度缺失难题，余江借助农村土地制度改革契机，提高农村土地征收标准，实行宅基地有偿退出，赋予宅基地和农房转让、出租、抵押权能，并允许退出后的宅基地可作为集体经营性建设用地入市。通过对农村土地制度的完善，余江集体土地资产价值迅速释放，扭转了农民主要靠家庭农业和外出务工获取收入的传统局面，同时也实现了农民房屋的财产权，为广大农民特别是经济困难户提供了增收渠道，同时也体现和保障了农民对宅基地和房屋的收益权能。

在农村产业发展方面，对于退出的废弃闲置农房和宅基地，余江县按照宜林则林、宜耕则耕、宜建则建的原则，大力实施增减挂钩、土地整理项目，复垦为耕地，有效保护了耕地资源。同时结合精准扶贫、传统建筑保护等重点工作，推动"一村一品"、庭院经济、休闲农业、乡村旅游等新业态，既丰富了农村产业发展形态，也提升了"一二三"产业的融合发展。

凝聚改革共识，多方汇聚改革力量。在四年的改革历程中，余江县政府并不是在单打独斗、包揽一切，而是主要以制度设计和权能赋予，引导、激发工商资本、乡贤和农民主动参与美丽乡村建设的积极性。在改革实践过程中走出了一条以较低财政投入撬动多元社会资本的低成本新农村建设模式。自改革推进以来，余江财政投入资金5285.51万元，同时撬动了城市资本、乡贤投入资金5500万元，为全县美丽乡村建设集聚了多元资金支持，也使政府投入资金产生了裂变性的效益。

更为重要的是，余江各乡村逐渐形成了农民自愿参与乡村建设的良好氛围，在政策引导和乡贤示范下，越来越多的农民树立了"我要改"的理念，使乡村形态重构和风貌提升能够以一种低成本、低冲突的方式进行。

推进农村土地制度改革，有力地提高了城乡基本公共服务均等化水平，为建立城乡融合发展体制机制奠定了基础。通过宅基地制度改革，将退出部分宅基地为养老、教育等提供用地需求，通过"以房换房"的方式，合理引导退出农民进入城镇，给予退出农户的子女在教育、医疗等方面的政策优惠。通过集体经营性建设用地入市，将集体经营性建设用地通过出让、租赁、作价出资（入股）等方式入市，从基础设施、养老、教育等各方面落实公共服务提供，实现公共服务均等化，促进了乡村振兴战略的实施。通过征地制度改革，对被征地农民养老保险实行社会统筹与个人账户相结合的办法，纳入现行的城镇职工基本养老保险或城乡居民社会养老保险体系。同时从土地出让收益等途径，计提被征地农民养老保险专项资金，专项用于被征地农民参加企业职工养老保险和城乡居民养老保险。

上述所取得的成绩，毫无疑问都是农村土地制度改革试点所释放的改革溢价。土地是农村和农民最为重要的财产和资本，盘活了土地，则农村的各项发展就会随之进入快速增长的轨道。

余江县仅仅通过四年的改革，就使得农村的村容村貌乃至村民的精神状态发生了翻天覆地的变化，核心要点，就是以宅基地制度改革为统领，结合美丽乡村建设以及城乡融合发展，千方百计盘活农村土地资源，全面激活农村的发展活力，从而走出了一条特色鲜明、个性突出的现代乡村治理发展"余江之路"。

四 改革仍在继续

那是2018年12月4日，鹰潭市委书记郭安深入余江区锦江镇范家村、潢溪镇渡口村，调研指导农村宅基地制度改革试点工作。郭安与村委会干部和村民事务理事会理事进行了座谈交流，详细了解了两地宅基地制度改革试点工作情况后表示，余江区农村宅基地制度改革试点工作开展以来，取得了突破性成效，构建了一套符合实际、切实可行的农村土地管理制度体系，探索出一条完善乡村治理、强化基层建设、提升执政能力、统筹城乡发展的新路子，走在全国前列。在农村宅基地制度改革试点工作中，充分发挥党支部的战斗堡垒作用和党员先锋模范作用，改革成效明显，村民的获得感、幸福感进一步提升。

2018年底，余江的三项改革试点进入了紧张的收官阶段。可就在此时，已持续四年的全国"三块地"改革试点再次出现新的情况。

为了进一步深入推进农村土地征收、集体经

营性建设用地入市、宅基地管理制度改革试点，更好地总结试点经验，为完善土地管理法律制度打好基础，并做好试点工作和《中华人民共和国土地管理法》修改工作的衔接，第十三届全国人民代表大会常务委员会第七次会议决定：将《全国人民代表大会常务委员会关于授权国务院在北京市大兴区等三十三个试点县（市、区）行政区域暂时调整实施有关法律规定的决定》规定的调整实施有关法律规定的期限延长至2019年12月31日。

这是自2015年国家启动"三块地"改革试点以来的第二次延期。

改革仍在继续，余江依然奔跑在改革的路上。

尾　声

　　江西余江，是毛主席赋诗盛赞的地方，是邹韬奋先生的故乡，拥有眼镜之都、雕刻之乡、循环基地等闪亮"名片"，素有"三面红旗一颗星"的美誉，被列为全国农村宅基地制度改革试点区。

　　宅者人之本，人者以宅为家。余江区通过宅改让乡村面貌发生蜕变，让广大村民享受到宅改所带来的红利，也印证了宅改工作的可行性和必要性。现任第十三届全国人民代表大会农业与农村委员会主任委员、中央农村工作领导小组原副组长兼办公室主任陈锡文到余江进行实地考察后如是说——"余江为全国提供了经验和借鉴"。

　　2019年6月，农业农村部将余江区列入首批20个中国乡村治理典型案例，并要求各地认真借鉴典型经验做法，推进乡村治理体系建设。余江的典型经验是"抓宅改，促治理"，这个"治理"也就是乡村治理。综观这20个乡村治理典型案例中，有的

是"村民说事"、有的是"红白喜事规范管理"、有的是
"'积分+清单'防治'小微腐败'"等，应该说大都是
单项的，而余江的乡村治理是全覆盖的。余江通过宅改，
探索出一条乡村治理的了成功经验，这经验可示范、可借
鉴、可复制。"农民的事农民自己办"很符合当今这个时
代的农村大力推广。值得一提的是，在余江宅改中，保留
了许多有价值的老房子。老房子是乡愁，更是游子的根。
而余江的老房子的保护，村民说，这是因为余江有了有情
怀的区委领导路文革和苏建军。

2018年11月3日—4日，由自然资源部咨询研究中心、江
西省自然资源厅、鹰潭市政府联合主办的"农村宅基地等三
项制度改革深化与创新"专家研讨会在余江举行，与会专家
对余江区三项制度改革试点工作给予了高度肯定和赞扬，大
家一致认为，余江的改革经验成果探索了我国农村集体土地
公有制实现的有效形式和路径，进一步规范了农村土地利用
和管理秩序，显化了农村土地资源价值，激发了土地资源活
力和改革的内生动力，促进了乡村振兴与农村产业发展，增
加了农民群众的获得感，为在全国构建城乡统一的建设用地
市场体系提供了有益尝试。从而形成可复制、可推广、利修
法、惠民生的实践经验和制度成果。几位专家说，这是余江
树起的另一面红旗，也是余江的"第四面红旗"。

余江的农村宅基地制度改革，取得了令人瞩目的成
绩。如今，宅改这面红旗，已在余江高高飘扬。